ゲーマーズ！3

星ノ守千秋と初恋ニューゲーム

葵せきな

ファンタジア文庫

2381

口絵・本文イラスト　仙人掌

ゲーマーズ！

GAMERS

星ノ守千秋と初恋ニューゲーム

Chiaki Hoshinomori and new game of first lov

START

3

【雨野景太《あまのけいた》と天道花憐《てんどうかれん》と回線切断】

僕、雨野景太のゲームスタイルはぬるい。

ストイックに技術を磨《みが》く根気はないし、高難易度《なんい》ゲームには割合早い段階で心が折れるし、移り気だし、無思考で済む放置ゲーやクリッカー系が好きだったりもする。

けれど、一つだけ勘違《かんちが》いしないでほしいのは、決して「勝ち負けをつけるのが嫌《きら》い」なんて言っているわけじゃ、ないってことで。

「……また逃《に》げられた」

静止したスマホのアプリ画面を見つめて肩《かた》を落とし、額に滲《にじ》んだ汗《あせ》を拭《ぬぐ》う。

陽射《ひざ》しの強い七月の朝。明け方まで降っていた雨のせいか酷《ひど》く蒸《む》す。

簡素なバス停の日除《ひよ》けの下、一人、ゆらゆらと歪《ゆが》む車道の先を眼を細めて眺《なが》めてみる。

普段《ふだん》ならばもう到着《とうちゃく》していいはずのバスの姿はまだ見えない。

汗で胸に張り付いた制服のシャツを指先で摘《つま》んでパタパタと空気を取り込む。

こんなことなら歩いて登校すれば良かったかなと後悔《こうかい》するも、今更《いまさら》だ。

僕は未《いま》だうんともすんとも言わないアプリを強制終了《しゅうりょう》させると、再起動をかけた。

少し前から暇潰《ひまつぶ》しと気分転換《てんかん》を兼《か》ねて、ゲームアプリランキングで見つけた脳トレ系ネット対戦アプリを始めたまでは良かったものの……どうにもこのゲームは「回線切断」が多くてかなわない。

「(……ゲーム自体は超《ちょう》面白いし、だからランキングも上位なんだろうけどさ……)」

実際、脳トレゲーム部分は良く出来ている。数字を順番に押したり、軽い計算をしたり、間違いを探したり。単純だけに思わずムキになるゲームが、多少の対戦用アレンジを加えられて提供されており、思わず何度もプレイしてしまう。

世界中とランダムで繋《つな》がるネット対戦形式も悪くなく、勝っても負けても楽しくて理不《りふ》尽《じん》感が無い。そういった意味で、九割はよく出来ているゲームだと思う。

ただ一点。

回線切断対策が、一切無いことを除《のぞ》いては。

アプリの起《た》ちあがりを見守りながら、モヤモヤと考える。

「(そりゃ、負けたくない気持ちは分かるけどさ……このアプリ、戦績記録されるし)」

実際、ネットを介《かい》する対戦ゲームにこの手の問題は昔から付きものだ。対戦中、敗色濃《のう》厚《こう》になった側が、ゲームの強制終了やネット回線の切断を用いてそもそもその対戦自体を無かったことにして、黒星がつくのを回避《かいひ》する手法、回線切断。

当然、優勢だった側にしてみればたまったものじゃない。だから、昨今のネット対戦ゲームには相応の対策が施《ほどこ》されている。一番オーソドックスなのは、回線を切った側が不戦敗とされ、結局は負けとカウントされてしまうシステムだ。そこまでじゃなくても、切断に多少のペナルティでもあれば、意図的な切断はぐっと減る。けれど……。

「(このアプリは、それが一切無いからな……)」

勿論《もちろん》、世の中ガチな対戦ゲームばかりじゃないから、回線が切断されてもペナルティが課されないゲームも多い。けれどそういったものは、そもそもゲーム内容的に「負けてもマイナスじゃない」タイプのゲームだ。対戦を終えただけで報酬《ほうしゅう》が貰《もら》えたり、敗戦のデメリットが一切無かったり。

だけど、このアプリは違《ちが》う。勝敗数が記録され、あまつさえそれがネットランキングに影響《えいきょう》すると来た。そりゃランキング上位を目指すプレイヤーは、負けそうになったら切ってしまうというものだ。なぜなら、デメリットが無いのだから。……相手を不快にさせる以外は。

「(……負けるのは確かに面白くないけれどさ。でも、それでも……)」

と、ぼんやり考え事をしている間にも道の先にバスの車体が見えて来た。

僕は新しく対戦を始めることなく、アプリを閉じてスマホをしまうと、バスを待って車内へと乗り込む。――――と。

「…………っ」

露骨《ろこつ》に注がれた「いつもと違う注目」に、一瞬動揺《いっしゅんどうよう》し、足が絡《から》まる。幸い軽くつまずくだけで済んだものの、周囲から注がれる視線に更に嫌《いや》なものが混じった気がした。

僕はそそくさと前方の空《あ》いた席に座り込むと、深く呼吸を繰《く》り返した。汗ばんだ身体《からだ》にエアコンの冷気が心地《ここち》良い。

バスが発進し、いつもの田園風景が流れていく。面白みの一切無い景色ではあるものの、それだけに僕の心も大分平常に――

「……ほら、来たぜ……」

「……マジかよ、あいつが……」

「……こう言っちゃなんだけどさぁ……」

――後部座席方面からぽつらぽつらと漏《も》れ聞こえて来る、明らかに僕を肴《さかな》にした会話。

僕は一瞬びくりと肩を震《ふる》わせるも、すぐに呼吸を整えて何事もなかったかのように窓の外を眺めた。ガラスに映る、冴《さ》えない軟弱《なんじやく》少年の顔。血色が悪く、目の下にはうっすらと隈《くま》が滲んでいた。

酷く感じの悪い嗤《わら》い声が耳につく。……もしかしたら、これは僕の被害妄想《ひがいもうそう》かもしれない。が、少なくとも、不特定多数の人間から、品定めをするような居心地の悪い視線を浴びていることだけは確実だ。

たまらず大きく溜息《ためいき》を吐《つ》くと、窓が一瞬だけ小さく曇《くも》り、すぐに消えた。再び映り込む覇気《はき》のない少年の顔。七月の暑気は僕に厳《きび》しく現実を突《つ》きつける。

「(……ま、どう考えても『釣《つ》り合っていない』よなぁ)」

しょぼくれた童顔《どうがん》。貧相な体格。男気のない心根。著《いちじる》しく欠いた社交性。趣味《しゅみ》は専《もっぱ》らインドアで、「燃え」と「萌《も》え」なら僅《わず》かながらに「萌え」を取ってしまうような生温《なまぬる》い感性。芸能人カップルの結婚《けっこん》報告を聞けばまず最初に「いつ別れるかな」と考えるような底意地の悪さ。未だに異世界への召喚《しょうかん》や転生の希望を捨てきれない中二病心。

どこを切ってもまんべんなく出来の悪い金太郎飴《きんたろうあめ》みたいな高校二年生。それが僕、雨野景太だ。

……いや流石《さすが》にそこまで悪くはないだろう。うん。卑下《ひげ》しすぎて自分でもフォローしたくなってきた。別に僕は極悪人《ごくあく》だったりクズ人間というわけではない……と思う。けれど、その比較《ひかく》対象が「あの」天道花憐さんとなってしまうと……どうしたって分《ぶ》が悪い。

天道花憐。音吹《おとぶき》高校の……地元一帯のアイドルと言っていい、金髪碧眼《きんぱつへきがん》の女子生徒。そのファンタジー世界から抜《ぬ》け出てきたような容姿が人目を惹《ひ》くのは勿論ながら、学業の成績や運動神経も良ければ、凛《りん》とした気質や他者への思いやりまで併《あわ》せ持ってんだから、本気で天使みたいな女性だ。当然ながら男子の憧《あこが》れの的であり、彼女に告白する男子生徒は後を絶たないが、また彼女がその全てを断わるものだから、余計にアイドル性は増していくばかりであり。

………さて、ここまで前置きした上で、一つ、衝撃《しょうげき》の事実を告げるのだけれど。

この天道花憐さん、実は僕のカノジョだ。

……待って。僕に通院を薦《すす》めるのは待って。気持ちは痛い程分かるよ。ちょっと危ない気配感じるもんね。そのうちワイドショーで「少年は被害者《ひがいしゃ》のことを『僕のオンナだ』などと主張しており……」と報道されそうなアレさだもんね。

僕もそこは自分で非常に危惧《きぐ》していて、アレから何度も周囲に、自分と天道さんに起こったことの確認をとったのだけれど……どうやら、本当に間違いないようだ。

つまり。

僕と天道さんは、どうやら交際することになったらしい。

……自分に起こった出来事なのに「らしい」とかいう言い方をするあたりに、地獄《じごく》のミ〇ワキャラ的な嫌らしさを感じるかもしれないけれど、それもちょっと待ってほしい。

「（…………マジで僕、天道さんに告白したの？）」

思わず目を瞑《つぶ》って額に手の甲《こう》を当てる。……やはり何度思い返しても、イマイチ確信が持てなかった。

いや、実際、僕は天道さんを呼びだしたし、彼女に面と向かって重大な「告白」をしようとはしていた。そこは紛《まぎ》れもない事実なんだ。

だけど決定的におかしいのは……あの時僕が天道さんにしようとしていたのは、あくまで、「僕と友達になって下さい」という友達申請《しんせい》でしかなかったということだ。勿論「友達から始めて下さい」とかってニュアンスでもない。本当に心から……一緒《いっしょ》にゲームの話とか気軽に出来るぐらいの「友達」になってほしくて、あの日彼女を自分の教室に呼びだしたんだ。

それがなぜかふと気付いた時には……僕と彼女は「付き合う」ことになっていて。

…………

な、何を言っているか分からないと思うけど、僕もどうなってるのか分からない。頭がどうにかなりそうだ。友達申請とか信用回復とかってそんなチャチな話じゃない、もっと恐《おそ》ろしい領域に足を踏《ふ》み入れたようであり……。

いや、実を言えば、自分でも「ミス」の自覚が無いわけではない。

というのも、僕はここしばらく、彼女への友達申請の予行演習とばかりに、とあるギャルゲーをプレイしていた。で、その中で主人公の告白シーンを何度も繰り返し見たせいか、まるで上《かみ》の句と下《しも》の句のように、女の子の前で「僕と」と来たら「付き合って下さい」という言葉が刷り込まれてしまっていたところはあって。

だから実際、百歩譲《ゆず》って僕が台詞《せりふ》を間違えたところまでは、まあ分かる。本来「僕と友達になって下さい」と言うべきところを「僕と付き合って下さい」と言っちゃったような気もする。けれど、だとしたって不可解なのは……。

「(……どうして、天道さん側もOKしちゃってるんだよ……)」

前髪《まえがみ》をくしゃくしゃとかき混ぜる。

何度考えても、そこが決定的に分からない。僕が馬鹿《ばか》な告白をして盛大に散るだけなら良——くはないけれど、納得はいく。けれど分からないのは、天道さん側まで何故かこの告白を受け容《い》れてしまっている点だ。

「(しかも彼女が公衆の面前でOKしてしまっている以上、あの場で僕が『あ、言い間違えました！』とも言い出し辛《づら》い空気になっちゃったし……）」

そんなことをしたら下手《へた》をすれば天道さんにとてつもない大恥《はじ》をかかせてしまうことになる。それだけは絶対駄目《だめ》だ。そう思って彼女の様子を探ると、天道さんは天道さんで何か言いたげに口をあわあわさせており……けれど結局はそれ以上言葉を続けることもなく。

そうしてその場はとりあえず二人、一旦《いったん》周囲の混乱や注目を避《さ》けるようにそそくさと別れてしまった。それから一夜明けた現時点まで、僕と天道さんの間にやりとりはない。

……カップルになっといてアレだけど、なにせ僕は彼女の電話番号やメールアドレスさえもまだ知らないのだ。

で、当人達はこんな状態だというのに、そんなのお構いなしで学内には「天道花憐に彼氏が出来た」というビッグニュースが駆《か》け巡《めぐ》るわけで。……おかげで今や、僕らは外堀《そとぼり》だけが息苦しい程に埋《う》められているような状況《じようきよう》だった。

また、こういう状況で普段《ふだん》僕が真っ先に頼《たよ》る人々……クラスで唯一《ゆいいつ》の友達たる上原《うえはら》君や、恋愛《れんあい》相談役のアグリさん、喧嘩《けんか》相手のチアキといった面々が、これまたなぜか昨日の放課後は全員心ここにあらずといった様子だったため、全く頼りにならず。

結果として現在「僕と天道さんが交際開始」という事実だけが一人歩き……どころか、一人猛《もう》ダッシュしてしまっている有様だった。

「(これが完全に根も葉もない噂《うわさ》だってんなら、そこまで問題視することでもないんだけれどさ……)」

窓の外に見えて来た校舎を眺《なが》めて、何度目になるか分からない溜息を吐く。

以前も天道さんにゲーム部へ誘《さそ》われた時、軽く噂になったことはあった。けれどあの時は本当にそれだけだったから、噂なんて瞬《またた》く間に沈静《ちんせい》化されたわけで。

けれど今回は違う。実際公衆の面前で告白は行われ、事実として成立してしまっているのだ。だからこそ僕はこの件に関して、不躾《ぶしつけ》な視線や嘲笑《ちょうしょう》、ゲスな勘繰《かんぐ》りや露骨な格差批判を受けた際……心がそれをうまく受け流せずにいる。

ほら、たとえば誰《だれ》かに何の根拠《こんきょ》もなく「ばーか!」と罵《ののし》られても多少イラッとするぐらいで済むけれどさ。バスや電車でウトウトしていてうっかり目の前のご老人に席を譲《ゆず》り損《そこ》ねてしまった際に、周囲の乗客から「サイテー」と罵られたら、それは酷《ひど》く堪《こた》えるでしょう? あれと同じだ。なまじ自分側に「被弾《ひだん》する箇所《かしょ》」があるだけに、たとえそれが多少行き過ぎた批判であろうと、完全には心が受け流せない。

だから……。

「あーあ、俺も金髪美人の彼女とか超《ちょう》ほしぃーなぁー」

「おい、ばかお前、声でけぇってw」

バスの後部座席に座るお調子者男子のからかいと、他の生徒達による失笑や注目は……自分で思っていたよりも、ずっとずっと心に堪えたのだった。

「………………」

「上原君。僕、今後リア充《じゅう》を無差別爆破《ばくは》するのはやめようと思うんだ」

「おう、なんの話か分からんが、とりあえず凶悪《きょうあく》犯罪者が改心したようでなによりだ」

朝の二年F組教室。遅《おく》れて登校してきた友人の上原君に開口一番その決意を告げると、彼は欠伸《あくび》をしながらテキトーに受け流してきた。

上原君はいつものように僕の前の席に陣取《じんど》ると、周囲を見回して苦笑いを浮《う》かべる。

「……まあ昨日の今日だから当然の話だが、とんでもねぇ注目浴びてんな、お前。こりゃ流石の俺でもたまらねぇわ。怖《こわ》い怖い」

「そんな他人事《ひとごと》みたいに……。こうなった一因は上原君にもあるんだよ？　そもそも衆目がある中で友達申請しようって提案してきたの上原君でしょう」

「いやまあ、そりゃ悪かったとは思うけどよ。とはいえ、お前らが友達を飛び越《こ》えてカップル成立させるなんつーミラクル、俺が予想出来るはずもねぇだろ？」

「う……そりゃまあ、想定外のことした僕ら二人が一番悪いんだけどさ……」

言いながら、上原君の顔をジッと見る。……僕と違《ちが》って相変わらず爽《さわ》やかで垢抜《あかぬ》けた、目鼻立ちのくっきりしたイケメンだ。

「(天道さんは、この上原君のことが好きなはず……なんだけど、なぁ)」

考えれば考えるほど、彼女が僕の告白を受けた意味が分からない。彼の気を惹くためにしては、あまりに大胆《だいたん》すぎるというか、リスク大きすぎるしなぁ。うーん。

僕が思い悩《なや》んでいると、上原君は上原君で、なぜか酷く重たい溜息を吐いた。

「……しかしこうなってくると、俺はいよいよ亜玖璃《あぐり》と何を話していいやら……」

「？　アグリさん？　何かあったの？」

「何かあったも何も、だってアイツが好意を抱《いだ》いていた相手が天道と――」

と、そこまで溜息混じりに語ったところで、上原君は突然《とつぜん》ハッとした様子を見せ、慌《あわ》てて言葉を取り繕《つくろ》った。

「い、いや、なんでもねぇ」

「アグリさんが好意を抱いていた相手が天道さんと……なに？」

「お前相変わらずこういうの絶対聞き逃《のが》さねぇのな！　なんでもねぇよ！　えっと……じゃあな！」

「あ、上原君……」

彼は椅子《いす》から立ち上がると、本来の自分の席へと戻《もど》って他の友人達と喋《しゃべ》り始めてしまう。

仕方ないので僕は周囲の注目から逃《のが》れるように窓の外へ視線をやると、ぼんやりと今の上原君の発言について考え始めた。

「(アグリさんの好きな人……つまり上原君が、天道さんと……？)」

…………。……上原君が天道さんと…………その結果、カノジョのアグリさんと何を話していいか分からない……。…………………！

「(こ、これは、完全にアレだ！　天道さんと浮気《うわき》したってニュアンスのアレだ！)」

僕は思わず頭を抱《かか》える。

「(え、なにこれ、どういうこと？　前から疑ってはいたけれど……上原君と天道さんって、もう、なんか完全にデキてる感じなのこれ？　となるとなに？　え？　僕って今どういう立ち位置に置かれているわけ？)」

べ、別に、僕なんかが嫉妬《しっと》なんていう、恐れ多いことをするつもりもないのだけれど。えっと、一応昨日、公《おおやけ》の場で天道さんのカレシにはなってしまったわけで。……これは一体……。……って、そうか！

「(つまり隠《かく》れ蓑《みの》かっ、僕との交際は！)」

気付いてしまった恐ろしい事実に、僕は打ちひしがれる。い、いや、元々僕なんかを天道さんが好いているると思い上がっていたわけじゃないから、打ちひしがれるのはおかしいんだけど……とにかく、なぜか、ショックだ。なんか分からないけど酷く気が重い。

「(そ、そうだよね……表向きには僕と付き合っていることにしておけば、自然な感じで上原君と学校で絡《から》めるもんね……)」

お似合いカップルなんだから堂々と二人で付き合えばいいじゃんとは思うものの、そこは、上原君の現在のカノジョたるアグリさんに配慮《はいりょ》してのことなのだろう。

「(いや、正直逆に残酷《ざんこく》だとは思うけど……まあ、ある意味誰も傷付けない手段をとろうとしてくれている、のかな？　うーん……)」

普段の二人の温かく誠実な人柄《ひとがら》を知る身としてはイマイチしっくり来ない推理で、全然確信までは至らないものの……少なくとも「天道さんが僕のことを本当に好きだった」よりはずっとずっとずっと現実的な解釈《かいしゃく》でもあり。

「…………」

思わずぽけーっと呆《ほう》けてしまう。心に力が入らない。不思議と今や周囲の不躾な視線さえ気にならない。そんなことよりも、ずっとずっと、辛いことがあった気がして……でもそれがなんなのか、僕にはよく分からなくて。

朝のHR開始を告げるチャイムが鳴《な》り響《ひび》く中、僕は窓の外の白樺《しらかば》を眺めながらぼんやりと考える。

「(………告白、撤回《てっかい》させて貰《もら》おうかな……元々ミスなんだし………はぁ……)」

片想いの初恋《はつこい》さえも満足に出来ていないのに……その相手へ今や「別れ」の切り出し方を考えなきゃいけない自分が、酷くみじめだった。

「(…………まずい、本気で胃が痛い)」

三時間目の授業を終えたところで、僕は思わず腹部を手で押さえながら席を立った。

ちらりと上原君の方を見る。彼は、どうやらいつものように周囲に集まってきた友達との会話に忙《いそが》しいようだ。

「(よし、今のうちだな)」

ずっと迷惑《めいわく》掛《か》け通しの彼に、これ以上無用な心配はかけたくない。僕はそっと気配を消して教室を出ると、一路保健室を目指した。

「(しょうがない……胃薬貰ってこよう……)」

目立つことがとにかく嫌《いや》な性質上、保健室にもあまり積極的にお世話にはならない僕なのだけれど、流石《さすが》にガチな体調不良で必要以上に遠慮《えんりょ》する理由も無い。それにこの症状《しょうじょう》は明らかに胃酸過多。荒《あ》れた胃を修復する薬を一包貰えばそれで済む話なのだ。

少し気を抜《ぬ》けばふらつきそうになる中、俯《うつむ》き、床《ゆか》を見つめながらも、なんとか気力だけで廊下《ろうか》を歩く。

――と、突然その視界に新品同然の綺麗《きれい》な上履《うわば》きが飛び込んできた。

「っと」「あっ、すいませんっ！」

周囲の気配には自分なりに充分《じゅうぶん》注意していたつもりだったのだけれど、人とぶつかりかけてしまった。

僕は咄嗟《とっさ》に謝りながらも、一度頭を上げて相手の顔を確認――

「……あ」「……あ」

――したところで、思わず、静止してしまった。

輝《かがや》くブロンドがふわりとなびき、大きく輝くブルーの瞳《ひとみ》が僕を映す。

――天道花憐。

学園のアイドルどころか地元一帯の頂点存在にして……今や僕のカノジョさんたる女性が、そこにいた。

『…………』

お互《たが》いフリーズしたように顔を見合わせたまま、ただただ時間だけが経過していく。

……何を言っていいのか、まるで分からなかった。

「（お、おはようございます？　こんにちは？　ご機嫌如何《きげんいかが》ですか？……違う、そうじゃなくて、でも、あれ、僕って天道さんとどう接してたっけ？　っていうかいや、まずなにより昨日のことを……どうするんだ？　何を言うつもりだ僕。や、違う、なんにせよ、まずは、そう、挨拶《あいさつ》から――）」

一瞬《いっしゅん》のうちに様々な思考が巡《めぐ》った末、僕は「おは――」と口を開きかける。

が、その瞬間――僕はようやく、周囲からの凄《すさ》まじい注目に気が付いた。

「――っ！」

廊下のその場に居合わせた生徒全員が、僕らの成り行きを、固唾《かたず》を飲んで見守っている。

……駄目《だめ》だ、余計に、言葉が、喉《のど》に引っ掛《か》かる。なにより……。

「……あ、雨野君？　大丈夫《だいじょうぶ》？　顔真っ青――」

天道さんが心配げに僕に手を伸《の》ばしてくれる。なんて……なんて優しい人なのだろう。

僕は自分のことだけでこんなに一杯一杯《いっぱいいっぱい》なのに。自分だって、同じ状況《じょうきょう》のはずなのに。それなのに、こんな駄目な僕なんかの頬《ほお》に手を――

「っ！　あ、っと、すいません天道さん！　僕ちょっと、今、急いでいるので！　えっと、その、また！」

天道さんの手を思い切り避《さ》けるようにして一度身体を引き、直後、そそくさとその脇《わき》をすり抜ける僕。

天道さんが戸惑《とまど》いながらも……どこか寂《さみ》しげに、ぽつりと声を漏《も》らす。

「え？　あ、え、ええ……また……」

「（ごめんなさい、天道さん！）」

彼女に対するあまりに失礼な行動に、自分で心底辟易《へきえき》しつつも。

「………」

僕は、天道さんの背後でシャッターチャンスとばかりにスマホを構えていた女生徒を軽く視線で牽制《けんせい》すると、急ぎ足で保健室へと向かったのだった。


結局薬が良く効いて胃痛自体はすぐに収まったとはいえ……やはり掛け値無しに、僕の高校生活始まって以来最も辛《つら》い一日だった。

天道にカレシが出来たんだってよ、雨野って子らしいわよ、見てみようぜ、いいわね、おいおいアレかよ、なんかガッカリね。

他者からの期待と落胆《らくたん》を何度も繰《く》り返される恐怖《きょうふ》。

ただ羨望《せんぼう》の眼差《まなざ》しを受けるのとも、ただ馬鹿《ばか》にされるのとも違う。他人の「失望」というのは、ある意味人の心に最もダメージを与《あた》えるものなのだと、僕は今日初めて知った。

「（今後、美少女複数人にモテまくるラブコメ主人公を見る目が変わりそうだよ……）」

彼らって実は凄まじく強靭《きょうじん》なメンタルしているんじゃないだろうか。よくもまぁこういう視線に囲まれながら「たはは、困ったなぁ」ぐらいで済ませられているものだ。

「……お前、瘦《や》せた？」

放課後、HRを終えて机にぐったりと体を預けていると、肩《かた》から鞄《かばん》を提《さ》げた上原君が心配そうにやってきた。僕はゆっくりと彼を見上げて、にこぉっと力なく微笑《ほほえ》む。

「一周回って、リア充は、むしろ爆発《ばくはつ》した方が幸せなんじゃないかと思い始めました」

「末期にも程があるなお前。あと、一つ言っておくと、今のお前の状況はリア充業界でも屈指《くっし》の難易《なんい》度を誇《ほこ》るタフな上級者用コースだ。素足に革靴《かわぐつ》履《は》ける御仁《ごじん》でもなきゃ、その状況で通常営業なんざ、とてもとても」

上原君と二人、大きく嘆息《たんそく》する。僕は身を起こし、気分を切り替《か》えるように彼に訊《たず》ねた。

「あれ、今日はゲーム同好会は……」

「ああ、流石にやめとこうぜ。互いに気力が尽《つ》きすぎている」

「？　互いに？」

僕の理由は言わずもがなだけれど、上原君側にも何かあったのだろうか？　僕の状況を心底心配して……という風でもなさそうだけれど。

僕が首を傾《かし》げるも、上原君は答えてくれる気が全く無いらしく、少し不自然なぐらいに強引に話を進めてきた。

「っつーことで星《ほし》ノ守《もり》にもさっきメールしといたんだけどよ。あいつ、今日はお前と二人でちょっと話したいことあるんだってよ」

「チアキが僕に？　珍《めずら》しい……というか気持ち悪いね。なんだろ……」

「大方、今のお前の状況に関連したことだろ？　その話、俺も多少興味あるけど……」

「なんで上原君が？」

「いや、やっぱいいわ。今は俺、お前らのラブコメを心から楽しめる気がしねぇ。普通《ふつう》に帰るわ。雨野、星ノ守の連絡《れんらく》先、知ってたよな？」

「え？　ああ、以前上原君に無理やり交換《こうかん》させられたから一応……」

「じゃ、あとはお若い二人でご自由に。じゃーな」

「え、あ、うん、ばいばい……」

上原君のどこかしょぼくれた背中に手を振《ふ》る僕。……？　どうしたんだろ、上原君。冷たいわけではないんだけど、素《そ》っ気《け》ないというか、ぎこちないというか。やっぱり、僕と天道さんが付き合うの、嫌なのかな？　うーん、よく分からない。

僕はポケットからスマホを取り出すと、少し躊躇《ためら》いつつも、チアキに無題で「どこで会う？」とだけメールした。すぐに返ってきたメールには簡素に「図書室で」とだけある。

僕は嘆息し鞄を掴《つか》むと、人の視線を避けるようにそそくさと移動を開始した。

音吹高校の図書室は利用者が極《きわ》めて少ない。この荒れた学校ではそもそも本に興味あるような殊勝《しゅしょう》な生徒が少ないのに加え、厳《きび》しいことで有名な進路指導の教師が高確率で出没《しゅつぼつ》することもあって、たまり場としても非常に利用しづらいのだ。

また、開放時間が妙《みょう》に限定的なので、僕みたいなぼっちの生徒の避難《ひなん》場所としても、安住の地とは言い難《がた》い。

しかしそれだけに、開いてさえいれば人が少なくて静かという非常に快適な「穴場」ではあり。

「（そんな図書室を指定してくるあたりが、僕と同類のチアキだよなぁ……）」

安くて長時間粘《ねば》れるファミレスや喫茶《きっさ》店にばかり妙に詳《くわ》しいアグリさんとは対極だ。

カラカラと滑《すべ》りの良い引き戸を開く。カウンターの中から図書委員と思《おぼ》しき三つ編みの女子生徒が眼鏡《めがね》をキラリと光らせて見て来たものの、僕が無害そう（騒《さわ》ぎそうもないぼっち野郎《やろう》）と見てとると、何も言わず自らの手元に視線を落とした。何やら読書中らしい。

僕はそっと戸を閉め、室内に歩を進めながらチアキを探す。机の並ぶ一帯には、数人ノートを開いた生徒がいたものの、ざっと見たところチアキの姿はなさそうだった。

仕方ないので、書架《しょか》の並ぶ方面へと足を向ける。

「（……久しぶりだな、図書室来るの。……ああ、天道さんや三角《みすみ》君とゲーム部見学行く時に待ち合わせで使って以来か）」

元々読書は嫌《きら》いじゃない。嫌いじゃないけど、僕の中でゲームよりは優先度が低い。そのため積極的に図書室を利用する人間ではないものの、この独特な魔力《まりょく》を伴《ともな》った静けさ自体は非常に好きだ。

紙の匂《にお》いとページを捲《めく》る音だけが木霊《こだま》する、世間の喧噪《けんそう》から隔絶《かくぜつ》された空間。こういった場所での読書は、ゲームとはまた違《ちが》った没入《ぼつにゅう》感をもたらしてくれる。……完全なる、「一人」に、なれる。

「（……何か、読もうかな……）」

ふとそんな気分になった僕は、たまたま脇にあったライトノベル棚《たな》から一冊手にとって、パラパラとページを捲ってみた。少し古めのラブコメ作品だ。表紙イラストの美少女には時代が感じられ、中の紙も薄茶《うすちゃ》色に変色している。

で、内容はと言えば……これまた王道の、冴《さ》えない主人公が転校生の美少女に気に入られたり、同居することになったり、幼馴染《おさななじみ》の女の子に嫉妬《しっと》されたりする話だ。決して深く感動したりする類《たぐい》の話ではないけれど、やはり読んでいて楽しい気持ちにはなるし、不思議な安心感がある。要は「萌《も》え」を愛する僕の好物だ。けれど今は……。

「（この主人公の彼は……現実問題、本当に幸せなのだろうか？）」

創作で楽しい部分だけ読ませて貰《もら》っているからいいけれど、実際この主人公は「美少女達に好かれる」というたった一つのご褒美《ほうび》のためだけに、数多くのものを失っている。たとえばこの一巻の展開で、諸事情あって質《しち》に入れられてしまったヒロインの思い出の髪飾《かみかざ》りを主人公が必死に一ヵ月バイトして買い戻《もど》す展開があるのだけれど。これ、読者としては気持ちいいことこの上ないけど、実際この「一ヵ月バイト」というたった六文字の中には、主人公の色々な犠牲《ぎせい》が隠《かく》れているわけで。

「（僕だったら……趣味《しゅみ》のゲーム時間や、ゲーム同好会での楽しい一時《ひととき》を、一ヵ月完全に失っているようなものだよな……）」

今までだったら、そんなこと深く考えもしなかった。当然だ。あくまで創作、ファンタジーなんだから、読者としては実際それでいいのだ。何も間違《まちが》っていない。

けれど……自分の身に半ばファンタジーじみた出来事……「地元のアイドルと交際が始まる」なんてことが実際に降りかかってしまった以上、考えざるを得ない。

僕は、本当にこのままで、いいのか、と。

言い間違いから始まった交際をズルズルと続けていいのは、楽しい部分だけピックアップ出来るエンタメ創作内だけの話であって。現実には……それに付加した辛いことが多すぎるのではないか。確かな覚悟《かくご》もなく続けるべきことでは、ないんじゃないか。

「(……言い間違いだったと素直に吐露《とろ》して白紙に戻すのが、誠意、なのかな？　いや……どんな事情があったところで、告白の撤回《てっかい》とかいう最低行為《こうい》に誠意もクソもないんじゃないのか？　でも……)」

まるで、ゲーム部への誘《さそ》いを断わった状況の再来だった。今、僕の日常と異常が天秤《てんびん》にかかっている。ということは、あの時の自分に倣《なら》うなら実際僕はやはり――

「ケータ？」

「っ」

突然《とつぜん》声をかけられて、僕はびくりと振り返る。と、そこには……不思議そうに僕の様子を窺《うかが》う、ワカメ頭オタク女子――星ノ守千秋《ちあき》の姿があった。

彼女は不審《ふしん》そうに僕の顔と手元を交互《こうご》に眺《なが》める。

「えとえと、その、ラブコメラノベの表紙見つめてそんなにシリアスな顔している人、自分、初めて見たのですが……」

「え？　ああ、べ、別に大した意味は……」

「まさかまさか、ケータ、今の自分をラブコメ主人公と重ねてアンニュイな気分に浸《ひた》るなんていう、凄《すさ》まじくキモイ行為に耽《ふけ》っていたんじゃ……」

「ぐ……!? ま、まさかぁ」

ぴゅーと口笛を吹《ふ》きながら、書架に本を戻す。……背中にチアキからの冷たい視線が突《つ》き刺《さ》さっているのがよく分かる。……ここはさっさと話を切り替えなければ！

「さ、さて、チアキ、僕になんの用事かな？」

「ケータのラブコメ主人公気取り疑惑《ぎわく》についてです」

「嘘《うそ》つけ！ なに掘《ほ》り下げようとしてんだよ！ 相変わらず性格悪いな！」

「性格悪いとは失敬な。自分はケータ以外に悪意を向けたことなんて、数える程しかありませんよ！ 特に上原さんの前ではそれはそれは可愛い乙女《おとめ》モードですよ！」

「人はそれを猫《ねこ》かぶりと言うんじゃないかな！」

「まるで自分をケータの前でだけ本音《ほんね》出すツンデレヒロインみたいに言わないで下さい！ 逆です！ 素は素直で純情な乙女で、ただケータ相手の時だけ、獰猛《どうもう》な虎《とら》の着ぐるみを纏《まと》っているだけなのです！ がおがお！」

「なんでだよ！ 脱《ぬ》げよ！」

「脱がせるのはケータ側の仕事ですぅ！」

「いやいやそこは自分から脱いでこそ――――」

とそんなやりとりの途中《とちゅう》で、図書室のカウンターの方から大きな咳払《せきばら》いが聞こえてきた。

そこで、自分達が一部だけ聞くととんでもないやりとりを交わしていたことに気付き、顔を真っ赤にして身を縮こまらせる僕ら。僕とチアキは相手から見えない位置取りにもかかわらずぺこりと頭を下げる。……たった今激しい喧嘩《けんか》を演じておいてなんだけど。基本的には気弱なのだ、僕らは。

しばらく二人でしょんぼりした後、すっかりテンションダウンしながらも、それが故《ゆえ》に落ち着いて、人の滅多《めった》に来ない図書室の隅《すみ》へと移動してから僕は切り出す。

「それで、実際どうしたのさ。チアキが僕に二人きりで用事だなんて」

「え、あ、そのその、えーと……」

と、なぜか自分から呼びだしたクセに気まずそうに視線を泳がせるチアキ。

「？　どした？　えーと、なんか込み入ったゲーム制作相談とか？」

「い、いやいや、そういうんじゃなくて。その……恋愛《れんあい》方面というか……」

「ああ、やっぱり僕と天道さん絡《がら》み？　でもチアキには特に関係も……」

「あるんです！」

「わ」

突然ぐいっと前のめりに迫《せま》ってきた彼女に、顔が近くて僕は不覚にもドキリとしてしま

う。と、とはいえ、あれだ。そ、そう、たとえば相手がおっさんでも、いきなりこの距離《きょり》に近付かれたら動揺《どうよう》するだろう。だ、だからこれは、僕がチアキを意識しているとかじゃ、断じてない。チアキ側だってそうだろう。そうなのだけれど……僕らは互《たが》いに頰《ほお》を染め、俯《うつむ》きながら少し距離を取った。…………なんだこの気まずさは。

チアキはこほんと咳払いをすると……目をキラリと光らせて本題を切り出してきた。

「ケータ、ちゃんとあの時起こったことの意味、分かってますよね？」

「意味？　え？　まあ……そりゃ、当人だからね」

何を言われているのかイマイチ分からなかったものの、チアキにあまり弱みを見せるのは癪《しゃく》なので、しっかりと目を見返して頷《うなず》いてみる。すると彼女もまた真剣《しんけん》な様子で「ですよね……」とひとりごちてから続けてきた。

「ありがたいですよね……天道さんの……『厚意』」

「え。いや、う、うん、そりゃ『好意』はありがたいけれど……。そ、そんな、ハッキリ言わなくても……」

状況《じょうきょう》が混沌《こんとん》としているとはいえ、改めて「好意」だなんて言われると、流石《さすが》に照れる。が、チアキは他人事《ひとごと》なせいか、まるで躊躇うことなく強く迫って来た。

「いえいえ、ここは変に勘違《かんちが》いしないよう、ハッキリさせとかないといけないところですよ、ケータ。天道さんの告白受領は、あくまで『厚意』なのだと！」

「い、言わなくていいって！　『好意』だってのは分かったから！」

なんだこの辱《はずかし》めは！　カップルや新婚《しんこん》いじり的なアレか！

僕がほとほと困り果てていると、チアキはなにやらハッとした様子で引き下がる。

「そうですか。確かに、言わずもがなのことをクドクド言われるのはうざいですよね。そこはすいませんでした。配慮《はいりょ》がちょっと足りなかったかもです」

「い、いや、別にいいけど……」

なんなんだ一体。何をしにきたんだこの女は。……ああ、嫌《いや》がらせか。そりゃそうか。

僕が納得していると、チアキはなぜか爽《さわ》やかな表情で続けて来る。

「それにしても、まさに『神の一手』でしたよね、天道さんのアレは」

「は、はぁ……まぁ、ある意味、そう、なのかな？　劇的ではあったけど……」

「アレのおかげで、ケータを食い物にしていた女に強烈《きょうれつ》な牽制《けんせい》を入れられたわけですから ね……いや、見事ですよ……自分、惚《ほ》れちゃいそうでした」

目をキラキラさせて天道さんへの憧《あこが》れを語るチアキ。……いやそれはいいんだけど……。

「？　僕を食い物にしていた女に牽制？」

それは、何の話だ。僕が首を傾《かし》げていると、チアキが「しまった」という顔をした。

「え？　あー……いえ、なんでもないです。ごめんなさい。じ、自分、ケータの敵ですけど、ただ無闇《むやみ》に恋愛話で傷付けるつもりだけは、ないのです。そこは信じて下さい！」

「はぁ。……えーと、それで、僕が食い物云々《うんぬん》って話は一体……」

「気にしないで下さい！　えとえーと……ケータが幸せだったなら、それはそれでいいんじゃないかな！　うん！　思い出を無駄《むだ》に汚《よご》す必要ないと思う！　い、いいじゃない！　アグリさんは素敵な方でした！　ただ、ケータのカノジョではなかった！　それでいいじゃないですか！　何か問題あります⁉」

「？　は、はぁ、確かにアグリさんは僕のカノジョじゃないけど……」

「そうですか！　ケータも既《すで》に、そこまで区切りがついていましたか！」

「そりゃつくでしょ。事実としてカノジョじゃないんだから……」

「ですよね！　いやいいと思いますよ、自分！　そのスパッと爽快《そうかい》な切り替《か》え！」

「いやスパッと爽快に話を切り替えまくっているのはむしろそっちじゃ……」

舌をペロッと覗《のぞ》かせて親指をぐっと立てて来るチアキに呆然《ぼうぜん》と呟《つぶや》く僕。……えーと、こいつって、こんなキャラだったっけ？　いや、チアキと僕の関係性はぐいぐい変わるから、彼女の口調が安定しないのは今更《いまさら》なんだけどさ。

それにしてもこの会話は一体なんだ。僕が食い物云々の話はどこにいったんだ。……いや、あれか。これは僕やチアキ特有の、会話スキルが絶望的が故の話が飛ぶ現象か。好きなゲームの話をする時、とにかく先を言いたくて言いたくて、一本ちゃんと説明し終わる前に他の類似作品名とか出しちゃって相手を戸惑《とまど》わせるアレか。

「(チアキのことは嫌《きら》いだけれど……まぁ、なんか彼女なりに気遣《きづか》ってくれているみたいだし、僕にもその手の症状《しょうじょう》はよくあるから、とりあえず、話を合わせておくか)」

僕はそう決意すると、にこっと珍《めずら》しくチアキに対して微笑《ほほえ》みかける。

「ありがとうね、チアキ(なんかよく分からないけど)」

「え!? あ、え、い、いえ、そ、そんな、自分なんて……」

途端《とたん》、チアキはなぜか頰を紅《あか》くし、あせあせと前髪《まえがみ》をいじり……それこそ、上原君に対する時みたいにもじもじし始める。

「あの、べ、別に、ケータのためなんかじゃないんですからね——って、ああ、この言い回しアレすぎです！ えとえと、その、実際は自分なりにケータを想《おも》ってのことなんですけど——って、ああっ、素直な言い回しの方がやっぱりアウト気味っぽい!?」

「お、落ち着きなよ、チアキ」

目をグルグルさせて頭を抱《かか》えてしまうチアキ。……なんだろう。これまでは憎々《にくにく》しさだけが勝っていたけれど、改めて彼女のこういう側面を見ると……僕はやっぱり、落ち着く。

人間味が感じられるから、だろうか。

チアキは素早く深呼吸を繰《く》り返すと、目をキリッとさせながらも頬の紅みは引ききらないまま仕切り直してきた。

「とにかく、ケータがちゃんと分かっているのなら、自分はそれでいいんです」

「うん、分かってる分かってる。僕はちゃんと分かっている。全部分かっている」

「まったく、敵である自分にまで心配かけさせないで下さい」

「うんうん、こればっかりは僕も反省です。今後は注意しようと思います」

「本当ですよ。とにかく、天道さんの『厚意』を無駄にしないように！」

「は、はい、えと……『好意』は無駄にしません！」

自分で「好意」とか言うのは流石に恥《は》ずかしかったものの、そう言わないとこの話が終わりそうもなかったため、テキトーに合わせておく。まあチアキにも、人間関係について上からアドバイスしたい時があるのだろう。僕はぼっちを僅《わず》かながらでも先に脱出《だっしゅつ》した先《せん》輩《ぱい》として、それを温かく見守ろうじゃないか。……わけは分からないけど。

「じゃ、じゃあ……今日はその……この辺で」

「え？　あ、うん、じゃあね、チアキ。ありがとう、色々！」

「っ！　ど、どういたしまして……」

ぺこりと頭を下げて、そそくさと去って行くチアキ。僕は彼女の背をぼんやりと見守りながら……ふと、あることに気が付いた。

「(あ、今日は一切ゲームの話をしなかったな……チアキと僕)」

互いに、ゲーム話題しか持たなかったぼっち同士のくせに。ゲームにしか共通項《こう》の無かった、二人だったのに。…………。

……いや、別に、だから、何ってわけでも、ないんだけど。……うん。

＊

「あまのっち爆発《ばくはつ》しろ」

開口一番、アグリさんが得体の知れない飲み物を手に睨《にら》みつけてくる。

「…………すいません」

僕はとりあえず謝罪しつつ、テーブル席の反対側へと腰《こし》を下ろした。

いつもの、不定期で開催《かいさい》されるアグリさんと僕の放課後駄弁《だべ》り会。

今日はいつにも増して唐突《とうとつ》にアグリさんにメッセージアプリで呼び出され、殆《ほとん》ど自宅付近まで下校していたにもかかわらず急いでこの低価格帯ファミレスへと馳《は》せ参《さん》じた次第だったのだが……理《り》不《ふ》尽《じん》にもというか、むしろいつも通りにというか、アグリさんは実に不《ふ》機嫌《きげん》そうだった。

僕は自分の飲み物をドリンクバーに取りに行くこともなく、背筋を伸《の》ばして彼女と向き合う。……強く脱色《だっしょく》した髪色や小麦色の肌《はだ》といったギャルギャルしい要素を多分に持ちながらも、それらに負けない程整った顔立ち。要は美人さんであり、僕みたいなオタク野郎《やろう》とは通常絶対接点が無いタイプなのだけれど……それでも不思議と、彼女と二人でお茶をするというこの状況を僕が光栄に思ったことは一度も無い。

理由は……まあ、説明しなくてもいいかな。多分、これからのやりとりとか見て貰《もら》えれば、自《おの》ずと伝わるかと思う。

僕は、しばらくの沈黙《ちんもく》の後、この数ヵ月で僕なりに学んだ「当たり障《さわ》りの無い会話の切り出し方」を試してみることにした。

「えっと、今日は暑かったですね――」

「ハッ、そりゃお熱いでしょうね新婚さんのそちらは。末期なうちと違って」

「………………」

いきなりかまされて閉口する僕。……カノジョまで出来たのに、僕の「対異性コミュニケーション力」はまだまだらしい。というか、不機嫌な女性相手には「近付かない」が一番妥当《だとう》な選択肢《せんたくし》だという気さえしてきた今日この頃《ごろ》だ。

とはいえ、今回はもう遅《おそ》い。僕は席に着いてしまった。ここから無闇に帰宅しようとするのは、腹が減った熊《くま》に背中を見せるようなものだ。辛《つら》くても、目を合わせて対峙《たいじ》しながら、ジリジリと逃亡《とうぼう》手段を探らねば。

謎《なぞ》の液体（恐《おそ》らくドリンクバーで色々ミックスしたもの）をストローで淡々《たんたん》と啜《すす》る不気味なギャルを目の前に、僕は途方《とほう》に暮れながらもなんとかコミュニケーションを試みる。

「た、確かに僕、人生初交際始まったみたいなんですけど、まだまだ分からないことだけですので、今後ともアグリさんにはご指導ご鞭撻《べんたつ》の程頂《いただ》ければと……」

「ハッ！　熱々の初々《ういうい》しい新カップル様に、亜玖璃が……交際を半年以上経《へ》てなお大して関係の進展もなく、けれどそれを『自分を大切にしてくれてるのね』なーんて解釈《かいしゃく》していたら、そのカレシが現在絶賛浮気《うわき》三昧《ざんまい》中と判明したこの稀代《きだい》のピエロ亜玖璃様が、地元一の美少女をゲットしたリア充《じゅう》キングあまのっち様に何かアドバイス出来ることなど、あればよござんすけどねぇ！」

「なんかホントすいませんでした」

テーブルにゴンッと頭をつけて謝る。……まあ実際、アグリさんと上原君のカップルを応援《おうえん》すると約束していた以上、僕にも責任はあると思うし……。

——と、流石にこのあたりでアグリさんも八つ当たりをやめ、「いいよ、もう」と腕《うで》を組んで困り顔で苦笑した。

「ごめんごめんあまのっち。気にしないで。二割冗談《じょうだん》だからさ」

「案外冗談成分少ないですね！」

「そりゃそうだよ。……流石の亜玖璃も、祐《たすく》の浮気《うわき》が確定した状況《じょうきょう》でまで、ヘラヘラは出来ないよ……」

「そ、そうですよね。えと……でも、確定って？」

「ああ、あまのっちにまだ話してなかったっけ。えっと、あまのっちには悪いのだけれど、例の告白イベントの時、亜玖璃、祐の様子を窺《うかが》っててさ。それで……」

そのまま、昨日のアグリさんの思惑《おもわく》と結果報告を聞く。アグリさんらしく色々話が脱線《だっせん》してややこしくはなっていたものの、要は、天道さんやチアキといった女性達が集まるあの状況の中、アグリさんは「上原君はきっと浮気相手の方を見るはず」と考えていたらしい。で、結果として……上原君は、アグリさんの方を見た。

一見ハッピーエンドっぽいのだけれど、アグリさんの推理には続きがあって。というのも、あの状況下で上原君がカノジョのアグリさんの様子こそを窺う……それも「気まずげに窺う」というのは、むしろ、「複数の女性と浮気しているが故《ゆえ》、浮気相手単体の様子よりも、カノジョの様子こそを優先的に窺った。つまりナンパ野郎の思考」らしい。

僕的にはその推理は流石にちょっと走りすぎかなと思ってそう指摘《してき》したものの……。

「亜玖璃もそう思っていたけど、でも、実際あの時の祐の目はガチで泳いでいたんだよ！　物凄《ものすご》く激しい動揺《どうよう》が見られた！　自分のカノジョと目が合ってあそこまで動揺する理由なんて……むしろ他に思いつかないけど⁉」

「た、確かに……」

アグリさんの剣幕《けんまく》に圧《お》されたのもあるけど、それ以上になんだか理にかなっている気がして、結局は僕も納得してしまった。

「(……うん、上原君がアグリさんと目が合って激しく動揺する理由なんて……確かに、何か後ろめたいことがある、ぐらいしか思いつかないかも)」

僕が黙《だま》り込んでしまうと、アグリさんが両手で謎ドリンクを握《にぎ》り、大きく嘆息《たんそく》した。

「はぁ……。なんだかあまのっちと関わりだして以降、亜玖璃、下り坂を転げ落ちるばかりだよ……」

「ひ、酷《ひど》いですね。人を疫病神《やくびょうがみ》か何かみたいに……」

「でも、実際天道花憐も星ノ守千秋も、あまのっち経由で祐と繋《つな》がったようなもんじゃん」

「う。い、いや、でも、どっちに関しても僕を焚《た》きつけたのは上原君……」

と、そこまで言ったところで、今度は僕の推理……「僕が上原君の浮気の隠《かく》れ蓑《みの》に使われている説」が後押しされてしまったのを感じて、ずーんと落ち込む。

そんな僕の様子を見てキョトンと理由を訊《たず》ねてきたアグリさんに事の次第を説明すると、今度は……アグリさん側が、何か気を遣《つか》った様子であせあせと喋《しゃべ》り出した。

「あ、で、でも、あまのっちのことはアレだよ。祐、本気で友達だと感じていると思うな、うん！」

「……そうでしょうかね。もしかしたら、いいように使われているだけだったんじゃ……」

「い、いやいや、そんなことないって。だってあまのっちって、実際全然本来の祐の友達タイプじゃないもん！」

「……………………ぐす」

「ああっ⁉　いやそうじゃなくて！　だ、だからこそ、そんなあまのっちとの交流が、ニセモノなはずないっていうか……」

「……でも隠れ蓑に使うなら、友達として一切思い入れのない相手を選びますよね……」

「ぐ⁉　そりゃそうかもだけど……。…………」

「…………」

沈黙が降りるテーブル。負け組達の晩餐《ばんさん》にも程があった。もはや、同じ男に振《ふ》られたオンナの集《つど》いみたいになっている。

が、アグリさんはなにやらイライラとした様子でテーブルをドンッと叩《たた》く。

「ネガティブ思考うざい！」

「それ今のアグリさんが言います!?」

「と、とにかく、あまのっちは大丈夫《だいじょうぶ》だよ！　あまのっちは、いいやつだもん！　ホントにいいやつだもん！　絶対、祐は大事な友達だと思ってるって！　亜玖璃を信じて！」

「そ、それを言うなら、アグリさんだってそうです！　僕から見て、アグリさんは凄《すご》くいいカノジョさんです！　可愛くて優しくて面倒見《めんどうみ》よくて一途《いちず》で……だから絶対、上原君の気持ちはアグリさんにありますよ！　僕を信じて下さい！」

そのまま二人、瞳《ひとみ》に強い意志を滾《たぎ》らせながら、ぐぬぬと睨み合う。そうして……しばらく経過したところで、なんだか可笑《おか》しくなって、二人、思わず吹《ふ》き出してしまった。

「まったく……傷の舐《な》め合いにも程があるね。まあ、楽しいからいいけどさ」

「まったくです。まあ世の中厳《きび》しいんで、いいんじゃないですか、この負け組会でぐらい、傷の舐め合いしてたって」

「負け組会って。色々ツッコミたいことはあるけれど、特に、昨日美少女と付き合うことになった男子の口から出る言葉では絶対ないじゃん。それで負け組なんて言ってたら、ガチで殺されても仕方ないレベルだよ？」

「いや、それなんですけどね……」

僕は嘆息混じりに、今日という一日の話をする。と、アグリさんの目には徐々《じょじょ》に憐《あわ》れみが浮《う》かび始めた。

「……まあ、確かに、あまのっち的にはキツイ相手かもねぇ、天道花憐」

「ちなみに、アグリさん達は付き合い始め、からかわれたりしました？」

「うん、友達とかに相応にはねー。けれど、あまのっちみたいに全然関係ない人にまで注目はされないよ。あまのっちだって、全く知らない生徒同士のカップル見たって、別段何とも思わないでしょ？　たとえ見た目的に美女と野獣《やじゅう》カップルだったたってさ」

「確かに。……やっぱり、天道さんがカノジョっていうのが特殊《とくしゅ》なんですよね……」

「まあ、音吹での天道花憐じゃね……単に綺麗《きれい》ってだけの女でもないしね……」

言って、ストローでちうーと謎の液体を啜るアグリさん。

「……って、まずっ！」

「今頃《いまごろ》気付いたんですか!?」

「う、うん……。これまで全然味感じてなかった。恐ろしいね、恋《こい》の悩《なや》み」

「そ、そうですね……」

本当に怖《こわ》い。うまくやれば、世界一の激辛《げきから》料理とか完食出来るんじゃなかろうか。

アグリさんはそのままヤケクソみたいに「えいや」と謎ジュースを飲み干すと、そそくさとドリンクバーに向かい、新しく口直しの烏龍《ウーロン》茶を調達してきた。ついでにと、珍《めずら》しく僕の分まで持って来てくれる。

二人、烏龍茶を飲んでホッと一息ついたところで、アグリさんは「で？」と切り出してきた。

「あまのっちは結局どうしたいの？　やめたいの？　天道花憐との交際」

「そ、それは……」

ぐっと答えに詰《つま》る。アグリさんはどこか気楽な様子で続けてきた。

「あまのっち的には、そもそも言い間違《まちが》いで始まった交際な上に、天道さんの気持ちは祐にあって、浮気の隠れ蓑に使われているという解釈なんだよね？」

「まあ……そうですね。確信しているって程じゃないですけど……」

天道さんや上原君がそこまで酷い人だとは到底《とうてい》思えない。けれど、人にはそれぞれ「仕方のない事情」ってのが色々あるのも事実なわけで。

とはいえ……そこをおもんぱかりつつ天道さんと表面的な交際を継続《けいぞく》出来る程、僕も器用な人間じゃない。

僕は烏龍茶のグラスを握り込んで暫《しば》し俯《うつむ》いた後……改めて真剣《しんけん》にアグリさんの目を見て、相談を持ちかける。

「やっぱり、ちゃんと言って別れるのが『誠意』なんですかね？」

僕のその、核心《かくしん》に迫《せま》る質問に対し。

アグリさんはと言えば……すっかりファミレスのソファーに背中を預け、片手で烏龍茶を持ってストローを口にしながら、極《きわ》めて軽く答えてきた。

「さあねー。亜玖璃そんな状況になったことないから、正解とかわかんないわー」

「で、ですよねー」

そりゃそうだ！　っていうかこの状況になった人なんて、世の中にそうそういるはずがない。僕は何を他人に期待しているんだ、まったく……。

ぼくがしょんぼりと肩《かた》を落としていると……突然《とつぜん》、アグリさんはぽつりと続けてきた。

「でもまあ……少なくとも、その答えが『誠意』とかには、亜玖璃は思えないかなぁ」

「え？　ど、ど……それは、どういう意味で……」

何かとてつもなく重要なことを言われた気がして、思わず訊ね返す。

しかしアグリさんは「さあ？」と素っ気《そけ》なく首を振った。

「ただ、なんとなくの亜玖璃の感想。それ以上に説明とかしようもないし、だから、十分後に同じ質問されたら全然違う答え返すかもしんないって気もする」

「そんな無責任な……」

「そもそもあまのっちの恋愛《れんあい》に亜玖璃が責任取る必要なくない？　っていうか、恋愛相談には乗るけどさ。そういう大事な核《かく》の部分まで、あまのっちって、他人の意見で決めるつもりなわけ？」

「！」

ドキリと心臓が跳《は》ね上がる。…………そうだ。何を甘えてんだ、僕は。よしんば傷の舐め合いまでは許されても……アグリさんに何でもかんでも依存《いぞん》するのは違うだろう。

僕はアグリさんの目をしっかりと見返すと……一度、深々と頭を下げた。

「……ごめんなさい。今の相談は、聞かなかったことにして下さい」

「ん、よろしい、及第点《きゆうだい》」

アグリさんと二人、にこっと微笑《ほほえ》み合う。

それから僕らは、しばらく全く恋愛に関係の無い雑談を繰《く》り広げると。

約十分後には、一切の後腐《あとくさ》れもなく「じゃ、また」とすっぱりと別れてそれぞれの帰途《きと》へとついた。


家に着くと、夕飯までの間は、いつものように弟と軽く対戦格闘《かくとう》ゲームをして過ごした。

ただただ、何も考えずに、ぼんやりと。

戦って、負けて、戦って、負けて、戦って、負けて。

そうして、数十分後。

「…………ああ、そうか」

「？　どうしたのさ、兄さん」

「ん、いや、なんでもない。次は負けないぞ」

「はっはー、目下七連敗中の人の台詞《せりふ》とは思えませんねぇ」

「うっさい」

本当に驚《おどろ》く程の日常でしかない、そのゲーム風景で。

不思議と……僕の中で、自然と天道さんとの交際に関する結論が、出たのだった。

天道花憐

「あ、雨野君が放課後に私を呼び出し……ですか？」

私が啞然《あぜん》と訊《き》き返すと、隣《となり》を歩く星ノ守さんは少し緊張《きんちょう》気味にこくりと頷《うなず》き返してきた。

朝の音吹高校二階廊下《ろうか》。登校してすぐ思いがけず星ノ守さんに声をかけられた私は、周囲の注目を避《さ》けるため二人で教室を出ていた。そうして人通りの殆《ほと》んど無い実習室群前の廊下に差し掛《か》かったあたりで本題に入ったはいいのだけれど……。

あまりに想定外だった星ノ守さんの用件に私が動揺《どうよう》していると、まだ私相手に硬《かた》さの取れない人見知りの彼女は、髪《かみ》先をくるくると指でいじりながら答える。

「そ、そそ、そうなんです。ケータ、あの、天道さんの連絡《れんらく》先を知らないからって、自分に朝、メールで伝言を頼《たの》んできていて」

「そ、そうなの。……まあ確かに、本人来ると今はアレよね」

昨日の不意打ちバッティングを思い出す。……そして、顔色の悪い、雨野君を。

ずきりと胸が痛む。私はそれを誤魔化《ごまか》すように話を続けた。

「えと、それで雨野君の用件は……」

「あ、そこまではちょっと。でもまあ……その、やっぱり交際に関することじゃない、ですかね？」

「そ、そうよね。そりゃそうよね」

ドギマギとしながら応じる私。……交際宣言から既《すで》に二日。本来なら真っ先に二人で色々話さなきゃいけないというのに、私は相手の連絡先を知らないことや忙《いそが》しさを言い訳に、彼と話し合うのをずっと避けてきてしまっていた。

理由は二つ。一つめは……情けない話だけれど、単純に恥《は》ずかしいからだ。雨野君と交際についての話をしようとしたら、私はきっと赤面してパニクってしまう。……今だって彼のことをちょっと考えただけで頬《ほお》が熱くなるのだから、これは確実だ。

そしてもう一つの理由というのが……。

「…………雨野君、やっぱり、交際は取り消したいとか……なのかしら」

「？　はい？　えっと、それはどういう？」

「あ、いえ……」

首を傾《かし》げてくる星ノ守さんから、思わず視線を逸《そ》らしてしまう。

……実際のところ、私は、雨野君の告白は何かの手違いなんじゃないかと疑っていた。

「(だって……おかしいもの。彼が私を……だなんて)」

その、えと、百歩譲《ゆず》って、私の返事の方はいい。前日に聞いた飲み屋の挨拶《あいさつ》が頭にこびりついてしまっていたりとか、三角君のアドバイスとか……まあ色々な要因のせいでかなり早まった馬鹿《ばか》な回答をしてしまったとはいえ、その、まあ、気持ち自体に嘘《うそ》はないというか……こほん！　とにかく、私側の話はいいのよっ、ええ！

でも問題は、雨野君の方だ。彼が私にあの状況《じょうきょう》で愛の告白をしてきたというのが、どうにもしっくり来ていない。

「(正直、手違いや言い間違いだったと言われた方が筋が通るし……なにより……)」

ちらりと星ノ守さんの様子を窺《うかが》う。私の隣を緊張した様子でカチコチになりながら歩く……私から見ても抜群《ばつぐん》に可愛く、そして雨野君に良く似た感性の女の子。

「(私よりもずっとずっと……彼女との方が仲よさげなのよね……雨野君って)」

私が不安げに見つめていると、彼女は何を思ったのか、にこりと少しぎこちなくではあるが微笑み返してきてくれた。……？

「えとえと、大丈夫《だいじょうぶ》ですよ天道さん！　天道さんの気持ちは……真意は、自分が見る限りちゃんとケータに伝わっていると思います、はい！」

「ええっ⁉」

わ、私の気持ちが雨野君に伝わっている⁉　そ、それって、つまり……。

顔がどんどん熱くなってくる。私は星ノ守さんから視線を逸らすと、こほんと咳払《せきばら》いし、顔を見られないよう先を歩きながら話を締《し》めた。

「と、とにかく呼び出しの件は了解《りようかい》したわ。えーと、放課後に……」

「ゲームショップです。『例のゲームショップ』と言えば、天道さんになら伝わるとありましたけど……」

「ああ、そうね。私と雨野君の間でゲームショップと言ったら……一つしかないわ」

私が彼に最初に声をかけた、あの場所。……まだ私が、彼をどこか下に見て、浅い作りものめいた「天道花憐」で声をかけてしまった……あの、少し苦《にが》い場所。

「あ、分かって貰《もら》えたみたいでよかったです。えと、ゲーム部活動のことを考慮《こうりよ》して、夕方の五時半ぐらいでどうかとのことですけど……」

「OKよ。丁度良いわ」

「あ、じゃあそう返しておきますね。……っていうか、自分が天道さんにケータのアドレスとか教えた方がいいですかね？」

「いえ、それは……遠慮《えんりよ》しておくわ」

確かにその方が効率がいいのだろうけど……なぜだろう、彼女を通して雨野君の連絡先を聞くのは、なぜだか気が引けてしまった。

星ノ守さんは特に気にした様子もなく「そうですか」と引き下がると、話を続けてくる。

「ちなみに放課後のゲームショップに指定したのは、流石《さすが》にあの告白の時みたいに衆目のある中じゃなくて、二人で、落ち着いて話したいからだそうです」

「……そう。落ち着いて……ね」

その言葉に、これまで多少なりとも浮《うわ》ついていた気持ちがいよいよ完全におさまる。

「（あの、雨野君だもの……ね）」

まだまだ浅い付き合いながらも、彼のことはそこそこ知ったつもりだ。

私はなんとなく雨野君の結論を察しつつ、星ノ守さんを振《ふ》り返った。

「了解です。放課後、改めてちゃんと二人で話し合うわ……この交際について」

「はいっ、それがいいですよ！」

ちゃんと状況が分かっているのか分かっていないのか……星ノ守さんの無邪気《むじゃき》な笑顔は、今の私には酷《ひど》く眩《まぶ》しく思えた。


放課後、ゲーム部活動を終えてゲームショップへと急ぐ。

普段《ふだん》ならばこの時間には、昼休みに次いで「告白お断わりタイム」が入ってきたりすることが多いのだけれど……先日の雨野君との交際宣言以降、様子見するかのように男子からの呼び出しはパタリと消えていた。

「（まあ、ある意味では今日も『告白お断わりタイム』なのだろうけれど……）」

これまで男子の好意を無下《むげ》にしてきたことへの罰《ばつ》かしら、なんて皮肉なことを考えながら足早に歩を進める。

時間的な余裕《よゆう》はあったのだけれど、気持ちがそわそわと落ち着かなかった。ある意味、先日の昼休みよりもドキドキしている。……分かっていても、覚悟《かくご》出来ていてもなお、拒《きょ》絶《ぜつ》の予感は私の心を蝕《むしば》んでいく。

「(どうして……頭ではちゃんと理解出来ているのに、こんなにも胸が締め付けられてしまうのかしら)」

自分というものの管理をこれまでキッチリこなしてきた女、天道花憐としてはあるまじき状況だった。ゲーム大会でのひりつくような対戦経験の中で、緊張を飼い慣らす術《すべ》も、不安を克服《こくふく》する精神力も、その全てを習得しているはずなのに。どうして……どうして、それがここでは、活《い》かせないのか。

「はっ……はっ……」

夏の蒸し暑さも手伝って、息が切れる。汗《あせ》が滲《にじ》む。……おかしい。こんなの、私じゃない。天道花憐らしくない。

「(駄目《だめ》よ、落ち着かないと。こんなに余裕のない顔……雨野君に見られたくない)」

ゲームショップ目前まで来たところで、はたと立ち止まって鞄《かばん》からコンパクトミラーを取り出し、髪を整える。が……いつまで経《た》っても満足がいかない。普段なら妥協《だきょう》出来るところが出来ない。自分がどんどん可愛くなく思えてくる。私は、もしかして周囲に持ち上げられすぎて、自己評価が高くなりすぎていたのではないか。告白が止《や》んだのは、雨野君どうこうじゃなくて、単純に私の人間的な魅力《みりょく》が落ちたからじゃないのか。

普段なら考えもしない不安が、次から次へと心を満たしていく。自分が自分じゃないようだった。こんなに弱い自分を、私は、知らない。

「…………」

そのうち、私は、髪型を整え終え、汗が引いても……一歩も、前に進めなくなっていた。ジリジリという虫達の鳴き声。アスファルトから立ち上る熱気。田舎《いなか》の空《す》いた道路を飛ばす、乾《かわ》いた泥《どろ》の付着した車達。時折ふわりと鼻につく排気《はいき》ガスの匂《にお》い。待ち合わせ時間はもう迫《せま》っている。なのに、ゲームショップへと足が進まない。怖《こわ》い。

「（……怖い？）」

自分の感情に、自分で愕然《がくぜん》とする。同時に……いよいよ自分自身への信頼《しんらい》が完全に失墜《しっつい》したのを感じた。

「（もう……私は…………私は、雨野君の前に立つことが出来そうも――）」

「あれ、天道さん？」

「っ⁉」

突然《とつぜん》背後からかけられた声に、私は――ぞくりとする。驚《おどろ》きよりも先に、恐怖《きょうふ》が来ていた。……好ましく思っていた男の子の声だというのに……雨野君の声だというのに、今や私は……私は……。

背後から、足音が近付いて来る。

「どうしたんですか、天道さん？　そんなところで……あ、もしかして体調が――」

「なんでもない！」

「！」

自分でも驚く程大きな声が出てしまう。幸い周囲に他の通行人の姿はなかったものの……雨野君の足音は驚いた様子でぴたりと止まってしまった。

私はなんとか取り繕《つくろ》おうと、うまく呂律《ろれつ》の回らない舌でなんとか言葉を紡《つむ》ぐ。

「ちがっ――なんでも、なくて。体調、悪く、ないわ。大丈夫。でも、えと……ただ……」

「……天道さん？」

雨野君がこちらに回り込もうとしてくる気配。私は思わずびくりと肩《かた》を震《ふる》わせ、彼から顔を逸らすように背を丸めた。雨野君の足音が再度止まる。……今度こそ、言い訳は出来ない。雨野君に対し、拒絶めいた態度を、今、私は、とっている。

だというのに雨野君はいつものように優しく……けれどどこか憂《うれ》いを帯びた声で、私に訊《たず》ねてきた。

「天道さんは……やっぱり僕のこと、嫌《きら》いだったり、しますか？」

「ち、違《ちが》う！　そんなんじゃないわ！　そんなんじゃないの……」

「だったら、どうして、僕を避《さ》けるんですか？」

「……それは……。………。……あ、雨野君こそ」

「はい？」

追《つ》い詰められた私は、思わず、ハリネズミが毛を逆立《さかだ》てるように、彼へ攻撃《こうげき》的な言葉を投げてしまう。

「あ、貴方《あなた》こそ、私との交際をやめたいって思っているんでしょう？」

「………」

雨野君の言葉が止まる。……違う。こんなこと言いたいわけじゃない。違うのに……もう、自分が、自分で、制御《せいぎょ》出来ない。

私は彼の答えも待たずにまくしたてる。

「い、いいのよ。そりゃそうよね。分かるもの。きっと雨野君、昨日も今日も地獄《じごく》みたいだったでしょう？　あんな酷い顔見れば、察しがつくわ」

「あれは……」

「いいの！　自分でも分かっているのよ。これだけ色々な人の好意を切り捨ててきた私と交際するっていうことが、どれだけ重いことか。いっそ私自身なんかよりもずっとずっと酷い視線の中にいることでしょうね。そんなの、いやになって当然よ。ええ」

「……あの」

「いい。言わなくても分かっているわ。取り消したいのよね？　当然よ。ええ。私の返事のことなら、気にしなくていいわよ。あの返事は……う……嘘《うそ》では……ないけれど……で、でも、ほら、私側も勢いで返事しちゃったところあるから、全然深い意味とかはないし、重く捉《とら》えないで貰って差し支《つか》えなく……」

違う違う違う。こんなことが言いたいんじゃない。どうして自分から彼を突《つ》き放すのよ、天道花憐。本当は、そうじゃないのに。本当は……本当は……。

悔《くや》しくて、涙《なみだ》が出そうになる。けれどそれだけは本当に絶対駄目だと、私に残されたギリギリの理性が押しとどめる。

「………」

雨野君が、再び私の前に回り込んでくる気配がする。私はそれが怖くて、思わず下を向いた。……私の前に来た雨野君のローファーだけが視界に入る。洒落《しゃれ》てもいない、さりとて汚《よご》れてもいない、小さめで恐《おそ》らく安物の……だけどどこか彼らしい靴《くつ》。

彼はその足をどこか落ち着かない様子でムズムズと僅《わず》かに動かしながらも、正面から私に語りかけてきた。

「えっと……その、まず、良かったです」

「……なにが……」

「あ、いや、その、少なくとも凄《すご》く嫌われているとかじゃないっぽいと分かって」

「そ、それは……勿論《もちろん》。嫌いなわけ、ないじゃない」

「あ、ありがとうございます」

照れて動揺《どうよう》したのか、再び彼の足がムズムズと動く。……相変わらず感情が分かりやすい。彼のそういうところが、私はホント……。

と、そんなことを考えていた矢先のことだった。

「その上で、僕から折り入って……不躾《ぶしつけ》なお願いがあるのですけど……」

その言葉と共に、突然打って変わって、彼の足のそわそわとした動きがピタリと止まる。

瞬間《しゅんかん》……私もまた、悟《さと》る。

「（ああ……いよいよ、みたいね）」

その現実を突きつけられた途端《とたん》、これまであんなにみっともなくバタバタしていた心が凪《な》いでいく。処刑台《しょけいだい》に上げられたような心持ち。もう足掻《あが》いてもどうしようもないのなら、せめて、最後にみっともない振る舞《ま》いだけはしたくない。

私は……ようやくキッチリと覚悟を決めると……スッと顔を上げた。

そうして改めて見た、夕陽を背にした雨野君の顔は……その顔は——

——無邪気な、照れ笑いに彩《いろど》られていた。


「あの、もしよければ、僕と、デートしてくれませんか？」


「————え？」

私は思わず呆《ほう》けて首を傾《かし》げてしまう。……今、何を言われているのだろう、私は。

私の反応を不安に思ったのか、雨野君はわたわたと補足してきた。

「あ、いえ、日取りとか天道さんの都合つく日でいいですし、行きたい場所とかやりたいことも、何かあれば要望してくれていいですから、はい！」

「えっと……それは一体……どういう……」

「え？　いや、どういうも何も、ですから、デートのお誘《さそ》いなんですけど……」

「……そ、それは分かりますけど、どうして私を……」

「へ？　い、いや、だって……」

雨野君は少し赤らんだ頰《ほお》をぽりぽりと搔くと、照れ臭《くさ》そうにおずおずと告げてくる。

「だって僕ら、これから交際していくんですよね？」

「────」

私は、思わず目を見開く。……信じられなかった。だって……それって、つまり……。

私がぼんやりしている間にも、雨野君は笑って続ける。

「あの、確かに天道さんの指摘《してき》通り、僕的にこのお付き合いには辛《つら》いものが沢山《たくさん》ありますよ。人の視線は気になるし、割と露骨《ろこつ》な嫌《いや》がらせもあるし……」

「そう、よね……」

「それに、うえは──その、か、彼相手じゃ分《ぶ》が悪すぎるっていうか……まあ、カップル格差的にも、どう考えたってやっぱり僕の敗色は濃厚《のうこう》なんでしょうけど……」

「（彼？）」

なんの話だろうと一瞬《いっしゅん》疑問に思ったものの、雨野君の話はまだ続いていたため、口は挟《はさ》まない。

彼は……初めて、一切臆《おく》することなく私としっかり目を合わせると。

にこりと笑いながら、その決断を告げて来た。


「でも、だからって、白黒つけずに回線切断するのは、ゲーマーとして違うかなって」


「回線切断……」

すぐにそれがネット対戦の話だと察しがつく。そして……それの、意味するところも。

彼の照れ臭そうな……けれど以前部活勧誘《かんゆう》を断わった時と同じ、確固たる信念に満ち満ちた瞳《ひとみ》が、私を映す。刹那《せつな》——

「あ……」

——私は、改めて、決定的に、自覚した。自覚して、しまった。

「(駄目《だめ》だ、私、この人が凄く好きだ)」

そしてそんな彼が、今まさに、私との交際を続けてくれると宣言してくれていて。

………………。

………………!

「……う」

「？　天道さん？」

途端、これまでどん底だった心が嘘の様に晴れていく。……っていうか、晴れ渡《わた》りすぎて、もはやお花畑だ！……こ、これは、まずいわ。これじゃあ、さっきとはまるで逆の意味で、天道花憐という人間が完全におかしくなってしまうじゃない！

私は慌《あわ》ててぷいと彼から顔を背《そむ》けると、私の中に残された僅かな「天道花憐」を用いて、必死で対応した。

「い、いいですよ！　しましょう、デート！　ええ、そうね！　交際しているのだから、デートの一つぐらいはすべきでしょうね、ええ！　本来私の休日はゲーム技術の研鑽《けんさん》に忙《いそが》しいのですが、まあ、交際する者の務めですものね、デートは！　仕方ありません！」

「務め……仕方ない……」

あ、なんだか雨野君がずーんと肩を落としている！　ち、違うの！　でもその……ごめんなさい雨野君！　なんか私、一歩でも自分からそちらに踏《ふ》み出したら、もう歯止めが利《き》かない気がする！　ここが、私の理性のボーダーラインっていう気がするのよ！

雨野君はそんな私の心境を知ってか知らずか、しばらく苦笑いしていたものの……ふと真面目《まじめ》な表情に戻《もど》って居住まいを正すと、腰《こし》を深々と折り曲げて頭を下げてきた。

「えっと、じゃあ、その、少し遅《おそ》くなりましたけど……ふつつかものですが、これから、出来るだけ末永く、よろしくお願い致《いた》します」

「え？　あ、いえいえ、こ、これはご丁寧《ていねい》に。こちらこそ幾久《いくひさ》しく……」

私もそこはきちんとせねばと、しっかりと腰を曲げて対応する。………。

………さて、と。

私は勢い良く顔を上げると、彼に思い切り人指し指を突きつけて叫《さけ》ぶ！

「と、とはいえ、節度はキチンと守るようにね！　交際にもまたステップというものがありますからね！　ええ！」

というか、キミに変に攻められると、私の方がもたないですから！　ええ！

そんな私の内心にも気付かない様子で、雨野君は酷《ひど》く緊張《きんちょう》した様子で背筋を伸《の》ばす。

「で、ですよね！　はい、肝《きも》に銘《めい》じておきます！　とにかく自制に次ぐ自制の日々を心がけますです、はい！　こ、交際しているからって、変に勘違《かんちが》いとか、自分への自信とか持ちません！　げ、ゲームの神に誓《ちか》って！」

「そ、そうね！　それぐらいで丁度良いでしょう、ええ（そこまでじゃなくていいのに！）」

私は腕《うで》を組んでうむうむと満足げに頷《うなず》くと、シュタッと手を上げ、颯爽《さっそう》と彼に別れを告げる。

「じゃ、じゃあ、今日はこの辺で解散ということで！」

「は、はい！　ど、道中お気をつけて、天道さん！」

遂《つい》にはビシィっと敬礼までし出す雨野君。……えーと……。

「う、うむぅ！」

対処に迷った私も、とりあえず敬礼で返してみる。……って、な、なんか違《ちが》う！　私の思ってた交際となんか違う！　これ、完全に上下関係が厳しい運動部の先輩後輩《せんぱいこうはい》のノリだ！　けれど、今更《いまさら》この対応を変えてとも言い出せない。なぜなら……。

「（彼に少しでも距離《きより》詰《つ》められたら、本当に自制利かなくなるものぉぉおおおおお）」

雨野君に敬礼で見送られながら歩き……しかし、途中《とちゆう》から、色々耐《た》えきれずダッシュで夕陽に向かって駆《か》けていく私。……な、なにこれ。なんなのこれ。

と、とにかく。

なにはともあれ。

こうして、私、天道花憐と雨野景太の交際は、この日、改めて、正式に再スタートを切ったのだった。

【雨野景太《あまのけいた》と天道花憐《てんどうかれん》と最高の娯楽《ごらく》】

「というわけで上原君《うえはら》、大至急デートとやらの『いろは』をイチから僕に教えて下さい」

「ノープランだったのかよ！」

天道さんとの交際に関する顚末《てんまつ》をざっくりと語り終えた僕に、上原君が思い切りベンチから立ち上がりつつツッコンできた。右手に持った缶《かん》コーヒーの中から、ぽちゃりと水音が響《ひび》く。

彼が苛立《いらだ》った様子でわしゃわしゃと髪《かみ》を搔《か》いて僕の隣《となり》に座り直す中、僕は特に美味《うま》くもない紙パックの野菜ジュースをストローで啜《すす》りつつぼんやりと景色を眺《なが》めた。

夕陽に染まる放課後の公園。園内は買い物帰りの主婦や帰宅途中の学生が往来し、中央広場ではランドセルを置いた男子小学生達が追いかけっこに勤《いそ》しむ微笑《ほほえ》ましい光景が展開され、そして噴水《ふんすい》周りには——必要以上に近い距離《きょり》で談笑を交わす、音吹《おとぶき》や碧陽《へきよう》のカップル達。

そんな平和そのものの景色の中……公園外側の日陰《ひかげ》になったジメジメとして人気《ひとけ》の無いベンチに二人で座す、どこか顔に疲《つか》れの滲《にじ》んだ高校生男子二名。

上原君は広げた膝《ひざ》の間で、縁《へり》を持った缶コーヒーをプラプラと弄《もてあそ》びながら、大きく嘆息《たんそく》してきた。

「あまり邪魔《じゃま》の入らない場所で、天道とのことに関して折り入って相談があるとか言うから、こうしてわざわざ放課後の公園で話を聞いてみれば……。……結局最終的にデートの相談って、なんだよ。俺は話の流れ的にてっきり別れを決意したとかって話かと」

「あれ？　もしかして上原君的には、僕が天道さんと別れた方が良かった感じ？」

「？　いやそれは全然？　っつーかなんでそう思うんだ？」

「あ……いや……別に、その、大して深い意味あっての発言じゃないよ、うん」

「？　そうか？　ならいいけどよ」

上原君は不思議そうにしながらも、特段それ以上気にした様子もなく、缶コーヒーを一口呷《あお》る。……僕はその隣でホッと胸を撫《な》で下ろした。

「（上原君の天道さんに対する感情って、やっぱりイマイチ読めないよなぁ）」

アグリさんとかと違って、僕は自分の勝手な推理にそこまで確信を持っていない。なにせ、上原君も、天道さんも、二人とも僕からしたらこれ以上ないぐらいに尊敬出来る「いい人」なのだ。そんな素晴らしい二人が「隠《かく》れ蓑《みの》カップル」なんて酷《ひど》い発想をするものだろうか。が、一方で、そんな素晴らしい二人だからこそ、これ以上なくお似合いなんだよなとも思っており。

結局僕の中で上原君と天道さんについては保留状態のことが多く……結果、そもそもコミュニケーションに関する手札が絶望的に少ない僕としては、二人との付き合い方を「現状維持《いじ》」に設定するしかなかった。

天道さんは心底尊敬出来る憧《あこが》れの女性で。

上原君は……僕の、今最も信頼《しんらい》する、大事な大事な友人。

だからこそ、「天道さんと上原君が付き合っている疑惑《ぎわく》」がある中でも、結局はこうして僕と天道さんのデートに関して相談してしまっているわけだけれど……。

チラリと上原君の横顔を窺《うかが》う。最近彼はどこかお疲れの様子で、更《さら》にさっきもなんだかんだと文句を言っていた割には……いつの間にやら、真剣《しんけん》な表情で僕の相談に対する検討を始めてくれていた。

「デートの『いろは』と言われてもなぁ。流石《さすが》に他人に堂々とアドバイス出来る程俺も百《ひゃく》戦錬磨《せんれんま》とかじゃねえかんなぁ。言っても亜玖璃《あぐり》としか付き合ったことねぇし」

「でもそのアグリさんとはもう半年も付き合っているんだから、デートだってそれなりにしているんじゃないの？」

「いやそう言われたらそうなんだが……」

そこで上原君はどこか気まずそうにボリボリと後頭部を掻いた。

「前も言ったかもだけど、亜玖璃とは殆《ほとん》ど友達の延長みたいな付き合い方だからよ。デートっつっても、なんだ、ドラマや映画でよく見るような定番モノじゃなくて、他の友達交《まじ》えて一緒《いっしょ》に遊んだりが多いっつうか……」

「うわー……なんかむしろ逆にリア充《じゅう》っぽいね……」

「なんで引いてんだよ！　っつーかお前のそのリア充に対する果てしない嫌悪感《けんおかん》ってなんなの⁉　男女複数人で盛り上がる人間を悪と定義するのをやめろ！」

「別に悪とまでは思ってないけど……。……上原君、十三日の金曜日とか、サメの出る海岸に遊びに行く時なんかは気をつけてね？」

「なんの心配だよ！　殺《や》られねぇよ⁉　リア充皆《みんな》が不幸な目に遭《あ》うと思ったら大間違《まちが》いだからな⁉」

「……ふぅ。世の中不条理だね……」

「ちょっと浮《う》かれただけで殺人鬼《さつじんき》やサメに襲《おそ》われる世界の方が不条理だわ！」

「こうなってくると、僕も天道さんという大物とお付き合いをする以上、普段《ふだん》は上原君に激しくいじめられているオタク野郎《ナード》設定ぐらいは付加しないとまずいかもだね……」

「いや、だから幸福と不幸のバランスとかとんなくていいから！　お前なんで若干《じゃっかん》創作の世界に片足突《つ》っ込んでいる感覚なんだよ！　違う意味での中二病か！」

僕は彼のそのツッコミに、フッとニヒルな笑みで返す。

「……平凡《へいぼん》な男子高校生が美少女に声をかけられ、果てはいよいよ交際にまで……」

「確かに最近やべぇぐらい主人公感出してやがった！」

「でしょう？　こうなったら身の回りの死亡フラグを丁寧《ていねい》に潰《つぶ》しておいて損はないと思うんだ」

マジな目で語る僕に、上原君が「お、おう……」と若干引く。

「い、いや、とはいえ……大丈夫《だいじょうぶ》だって。お前の巻き込まれている物語は、どちらかというとラブコメ寄りの平和なものだって。殺人鬼出て来ねぇって。多分」

「……上原君、アグリさんに大事な伝言とかってないかな？」

「おい、だからといって俺の方に死亡フラグを立てるのはやめろ！　たとえこの物語がラブコメでも、親友ポジあたりは結構危《あや》うい気がする。シリーズのマンネリを回避《かいひ》するためのカンフル剤《ざい》として、意外な大イベントの犠牲《ぎせい》にされかねない気がするぞ！」

「大丈夫大丈夫！　上原君は死なないって！　だって上原君、凄《すご》く強くて優しくていい人だもの！　そんな上原君が不条理に死ぬ展開なんて、あるもんかーい。あははー」

「本気で殺しにかかってきやがったなお前！」

「まあ……でも実際上原君、僕と違ってフラグとか全然気にしないんでしょ？　いいんだよ、今後も自由に、アグリさんを含《ふく》む複数人で山とかに遊びに行ってくれて」

「く……!?　なんか知らんが確かに急に怖《こわ》くなってきたぞ！　俺とアグリがイチャついている場面に、不気味な動きでぐいぐい近付いていく主観カメラ映像が思い浮かんでしまったぞ！　おい雨野、てめぇ、これどうしてくれ――」

「ど、どうしよう、上原君。調子にノッてボケてたら、なんか僕も、天道さんとデートしている時に死んじゃう気がしてきた。というかもう既《すで》に現時点で、本当は昏睡《こんすい》状態な僕の見ている夢オチ説まであるよ、これ！　幸福度がおかしいもの！」

「自業自得《じごう》にも程があるな！　ったく……ほらほら、そんな与太《よた》話より、さっさと真面目《まじめ》にデートのこと考えるぞ」

「そ、そうだね。死ぬにしても、天道さんかばって死ぬとかなら、まあ本望だしね」

「その納得の仕方はおかしいが、まあお前がそれでいいならいいや」

馬鹿《ばか》話が一段落したところで、上原君は改めて噴水方面のカップル達を見つめながら話し出した。

「話を戻《もど》すけど、マジで俺と亜玖璃もそんなにデートらしいデートはしたことねぇんだよ。それこそ二人でゲーセン行ったり、一緒に帰宅したりとかは日常的にするけどな」

「それは……。……僕なんかが口挟《はさ》むのはおこがましいかもだけれど、その、いいの？」

少しだけアグリさんが可哀想《かわいそう》に思えて、僕は思わず、そんな生意気な疑問を呈《てい》してしまう。すぐに上原君に怒《おこ》られるのも覚悟《かくご》していたけれど……不思議と上原君は怒ることなく……それどころか、ここ最近見なかった温かい笑顔まで覗《のぞ》かせていた。

「あー、まあ、不甲斐《ふがい》ないと言われたらそれもそうだろうけれど。俺的には、結構気に入ってるぜ。二人一緒の帰宅時間」

「……一緒に遊ぶ余裕《よゆう》や時間が無い場合、それで妥協《だきょう》するってこと？」

僕の質問に、上原君がなぜか笑う。

「結局は、好きな人と二人で仲良く喋《しゃべ》るだけの時間が、なにより幸せなもんなのさ」

「二人で喋るだけで、楽しい、ねぇ……」

噴水周りのカップル達を眩《まぶ》しそうに眺める上原君。……彼には悪いけれど、僕にはやっぱりそれは「妥協」に思えた。

「（……ゲーム感性なのかもしれないけれど……一緒にいる『だけ』よりは、なにかしらエンターテインメントのある状況《じょうきょう》の方がずっとずっと楽しそうなもんだけどな……）」

ふと弟のことを思い浮かべる。彼は家族だから当然親しい間柄《あいだがら》の人間なわけだけれど、ボンヤリただ一緒にぐだぐだ過ごしているよりは、何かしらゲームなりイベントなりが間にあった方が断然盛り上がるわけで。

……それは、カレシ・カノジョの間柄でも同じことじゃないのかな？

僕のそんな疑問を悟《さと》ったのか、上原君が軽く苦笑いして「とはいえ」と続けて来る。

「心を近づけるための『初デート』となりゃ、ある程度はちゃんとしなきゃかもだな」

「そうなんだよ。さっきも話したけど、こっちから切り出した手前もあるしさ」

「ああ、それな。お前はホント……変な所で無駄《むだ》に男らしいというか、キッパリしているというか……」

「え、そ、そうかな。なんか誉《ほ》められると照れるな——」

「冷静に見えて思ったより後先考えていないというか、穏《おだ》やかなフリして案外感情優先の大馬鹿野郎っていうか……」

「全然誉められてなかった！」

「いやお前の決断それ自体はいいと思うぜ、俺。ただ、その肝心《かんじん》のデートに関して現状全くのノープランってのはどういうことよ。友人に相談するにしても……シナリオの叩《たた》き台ぐらい持って来て貰《もら》わないと、こっちも困るんだよねぇ、チミ」

ベンチの背もたれに深く腰掛《こしか》け、何かの監督《かんとく》かプロデューサーの如《ごと》く偉《えら》そうに振《ふ》る舞《ま》う上原君。しかし言っていることはごもっとも。僕は膝頭《ひざがしら》を合わせて恐縮《きょうしゅく》するばかりだった。

「申し訳ありません。その……勿論《もちろん》僕なりに多少は考えたのですが、やっぱり変な浅知恵《あさちえ》のプランを提示しちゃうよりは、最初から上原師匠《ししょう》に入って頂《いただ》こうかなと……」

「おいおい、自分のデートの土台さえ他人に提供して貰おうだなんて、正気かい、雨野っちゃんよぉ」

「雨野っちゃん……。……あ、いえ、そうですね、すいません。じゃあ、あの、恥《は》ずかしいですけど……僕なりに考えた浅知恵デートプランをここで披露《ひろう》させて頂きます」

「おうおう、頼《たの》むよ雨野っちゃん。まあ最初だから恥掻《はじか》くのは仕方ねぇけど、なぁに、この交際歴半年の先輩《せんぱい》たるハラウエちゃんが、しっかりと手直ししてやるってなもんよ」

「はい、よろしくお願い致《いた》します。では、僭越《せんえつ》ながら……」

「おう、よろ～」

　プロデューサーキャラが気に入ったのかすっかりテキトーに尊大な態度の上原君に、僕は、おずおずと……自分なりに一生懸命《いっしょうけんめい》考えたデートプランを語った。

「えっと、映画やらウィンドウショッピングやら公園散策やらという定番デートは、どうにも、なにかこう僕達らしくないというか、上手《うま》くいかない予感が若干しまして」

　僕の言葉に目をパチクリさせる上原君。彼はプロデューサーキャラも忘れた様子で応対してくる。

「意外と慧眼《けいがん》じゃないか。そうだな、確かにそれらは無難なデートだが、互《たが》いの性質に合わないんじゃやっぱり駄目《だめ》だ。しかしかといってお前、まさかゲーセン行って終わりとか言い出すんじゃ……」

「あ、はい、流石にそれもあんまりだなというのは了解《りょうかい》しております。ただやっぱり、僕らが共通して盛り上がれるのはゲーム的なものだけという感じもしたんです。だから……」

僕がそこまで言うと、なぜか上原君はがばっと身を起こして、「おいおい……」とちょっと色めき立った様子で僕を見つめてきた。

「まさか、いきなりの自宅デー——」

「だから、ちょっと前に出来た隣町《となりまち》の複合型アミューズメント施設《しせつ》『アラウンド1』あたりにお出かけして、軽く一緒に遊ぶぐらいが丁度いいんじゃないかって……」

「…………」

上原君が両手で缶《かん》コーヒーを握《にぎ》りしめて俯《うつむ》く。……もしや、言葉も出ない程に酷《ひど》いデートプランだったのだろうか？　そ、そうだよね、ちょっとした娯楽《ごらく》施設一箇所《かしょ》で遊んでそれをデートと称そうだなんて、やっぱり浅はかな発想だったかも……。

と、僕が不安になりかけたそのとき。

いきなり残りのコーヒーを一息に全部ぐいっと呷《あお》った上原君は、直後、缶をベンチに置いてこちらを振り向くと、僕の肩《かた》をガッと摑《つか》んで……真剣《しんけん》な眼差《まなざ》しで、告げて来たのだった。

「雨野っちゃん……いや、雨野よ！　もうお前に教えることは、何もねぇ！」

「卒業早くないですか⁉　師匠⁉」

「くぅ……俺と亜玖璃でさえまだ行ってない話題の施設『アラウンド1』をここで持って来るとか……お前天才かよ！　リア充の申し子かよ！　完璧《かんぺき》すぎるぜそのデート！」

「物凄《ものすご》いお墨《すみ》付き貰ったけど、なんだろう、むしろ不安だ！」

上原君に誉められたのはありがたいけれど、こうなってくると逆に、僕の中で「上原君、こう見えて案外リア充感性から遠いところにいるんじゃないか疑惑《ぎわく》」が浮上《ふじょう》してきた。

……そういや元々根っ子の部分は真面目な努力の人だったな、この人……。それに半年交際しているカノジョとまだ全然何も無いあたりとかも考慮《こうりょ》すると、下手《へた》するとそんじょそこらのお爺《じい》さんとかより余程お堅《かた》い感性なのかも、上原君。

彼はどこかスッキリとした表情で、歯をキラリと輝《かがや》かせて僕に手を差し出してきた。

「存分に楽しんでこい、雨野！　お前のデートプランは完璧だ！」

「え？　あ、う、うん、ありがと……」

無理やり笑顔を作って、彼の手を握り返す。と同時に、強く振られる手。

…………。

「（…………だ、大丈夫なんだろうか、僕の初デート……）」

世の中には、友人に強く後押しされればされる程余計に不安になることもあるのだなと、僕はこの日、初めて知ったのだった。

＊

実際互いの都合がついてデートが行われることになったのは、夏休み直前のある日曜日のことだった。

「ふう……」

バスから降りて待ち合わせの駅前に降り立った僕は、綺麗《きれい》に晴れ渡《わた》った青空を仰《あお》ぎ見て思わず息を吐《は》いた。

「（いやはや、まさかの快晴だ。……天道さんパワーかな……）」

実を言うと僕、雨野景太は「雨男」というヤツだ。そういうのは大概《たいがい》気にしすぎなだけというか、「マーフィーの法則」的な「上手くいかなかった方を印象的に覚えているだけ」

なのだろうけれど、僕の場合はそれを考慮してもやはり「大事な外出時の雨天率」が高い傾向《けいこう》にある。

僕はバス停《てい》から駅の方に向かって歩きつつ、悶々《もんもん》と思考を進めた。

「(きっと小学校中学校の野球部時代に『雨で練習無くなれ』と本気で祈《いの》りまくっていたせいなんだろうけど……)」

そんなしょーもない自説を、しかし案外信じている僕である。

たとえ現実的な解釈《かいしゃく》じゃなくとも、自分の中で納得いく「根拠《こんきょ》」があると、それだけで救われることっていうのは確かにあるのだ。ジンクス、という概念《がいねん》に近いかもしれない。理由も無く理不尽《りふじん》に雨に降られまくる人生よりは、自分の過去の不埒《ふらち》な願いのせいで雨が降っていると解釈した方が、不思議とスッキリ諦《あきら》めがついたりするわけで。

そしてそれは、他のことにも言えた。

冷房《れいぼう》の効いた駅構内に入りつつ、斜《なな》め掛《が》けにしたワンショルダーバッグのベルトをギュッと握り込む。

「(……僕は今、天道さんと付き合える『根拠』を求めているのかも……)」

雨男たる自分への勝手な解釈と同じで。彼女と付き合えることが光栄で幸福なのは勿論なのだけれど、そこにイマイチ理由というか土台が見えないから、凄《すさ》まじく不安になる。

果ては「上原君との浮気《うわき》の隠《かく》れ蓑《みの》」みたいなどうしようもない卑屈《ひくつ》な推理まで採用しようとしてしまう始末だ。……ある側面においては、そう思う方が、まだ楽だったから。

「(けれど……今日は、違《ちが》う!)」

顔を上げ、決意を持って歩を進める。

デートなんていかにも僕らしくないことを言い出したのは、これが理由だ。

僕と天道さんの間には、やはり明らかに恋人《こいびと》としての「根拠」が見えない。

けれどだからといって、一度結ばれた縁《えん》を……少なくとも僕側は凄《すご》く光栄に、大切に思えている縁を、「負けそうだから」と事前に断ち切るのだけは絶対に違う。

そして一度試合をすると決めたからには、内容を楽しみ、勝ちに行く姿勢もとる。

そうなるとまず最初にすべきは、やはり自分なりの「根拠」作りだ。不器用でも、全然ノウハウがなくても、完全に根がモブキャラぼっち野郎《やろう》だって。それでも、頑張《がんば》って彼女に歩み寄る努力ぐらいは、してみなきゃいけないじゃないか。

待ち合わせポイントたる駅構内の大きな時計柱前まで歩きつつも、ポケットから取り出したスマホに視線を落として時間を確認する。午前九時。待ち合わせ時刻たる午前一〇時の、丁度一時間前だ。予定通り。

「(とにかく天道さんに恥じない振る舞いをしないとな! まずは、五分前行動どころか十五分前行動、いや三十分前行動あたりしてきそうな彼女よりも更《さら》に先に待ち合わせ場所にいることで、僕なりの誠意を見せつけ――）」

そう、僕がほくそ笑みながら、待ち合わせ場所へと歩を進めたその時だった。

「あれ、雨野君？　驚《おどろ》いた。随分《ずいぶん》と早いのね」

「………………」

覚えのありまくる声にギクリと体を強張《こわば》らせ、ギギギと顔を上げた僕の視線の先で穏和《おんわ》に微笑《ほほえ》むのは……清楚《せいそ》なブラウスを身に纏《まと》った可憐《かれん》な金髪《きんぱつ》美少女様。僕の、カノジョさん。

僕はひくひくと顔をひきつらせながら、彼女に声をかける。

「お、おはようございます、天道さん」

「はい、おはようございます。……こほん。えー、本日はお日柄《ひがら》も良く――」

なぜか古式ゆかしい挨拶《あいさつ》を始めようとする天道さんに、しかし僕は続けて質問を投げかける。

「あの……今日の待ち合わせ時刻って、午前十時にここで、良かったですよね？」

「？　ええ、そうね。それで間違《まちが》いないわ」

「……今は、午前九時、ですよね」

「ええ、正確には午前八時五十八分ね」

「……えと……だとすると、天道さんは、何時にここに来られたのでしょうか？」

「はい？　私？　ええと、確か……」

天道さんは何かを思い出すように口元へ人指し指を当てると……駅の天窓から差し込む光に美しいブロンドを煌《きら》めかせながら、さながら天使の様に微笑んで返してきたのだった。


「午前七時五七分だったかしらね」


「あー……そうですかぁ…………そうかぁ……」

まさかの「二時間前行動」とは。

僕は思わず天窓から空を仰《あお》ぎ見る。…………なんか、生きてて、すいません。

「雨野君？　どうかしました？　あ、それにしても雨野君、今日は凄く早かったですね！　私びっくりですよ！　雨野君ってやっぱりホント真面目《まじめ》な……って」

「…………」

「……あ、雨野君？」

雲一つない空の下、美しく柔《やわ》らかい少女の声を聞きながら……僕は一人、「天道花憐さんと付き合うということ」の真の意味を噛《か》み締《し》め、ほんのりと瞳《ひとみ》を潤《うる》ませたのだった。

＊

駅から一五分おきに出ている無料送迎《そうげい》バスに揺《ゆ》られること約三〇分。

「へぇ、思ったより大きいのね―」

「ですね……」

駐車場《ちゆうしやじよう》に降り立った僕と天道さんは、巨大《きよだい》なアミューズメント施設をおのぼりさんの如《ごと》くほけーっと見つめ、そんな感想を交わし合う。

同じバスから降りた人々が軽く天道さんに視線を送りながらも、続々と建物の方へと吸い込まれていった。

「じゃ、じゃあ、行きましょうか」

「え、ええ、そうね」

僕と天道さんはぎこちないやりとりを交わしつつ、二人、並んで歩き出す。………若干、微妙《びみよう》な距離《きより》を空《あ》けつつ。

「（ぼ、僕、上原君や家族とかと一緒《いつしよ》に歩く時って、どれぐらいの距離感で歩いていたっけ？）」

最早《もはや》そんなことも分からなくなる程緊張《きんちよう》する僕。見れば、天道さん側もなにやらそわそわと落ち着かない様子だった。本当はこういう時、誘《さそ》った側がしっかりしないといけないんだろうけれど……いくら考えても、何が正解なのか分からない。

「(ラブコメ作品だったら男らしく手を繋《つな》ぐのが定石《じょうせき》っぽいけど……流石《さすが》に現状、全然そういう心の距離感でもないしなぁ……)」

いやまあ、それ言い出したらそもそも恋人なのがおかしい状況《じょうきょう》ではあるのだけれど。

実際、ここまで来るバスでも……二人でモジモジしている間に席取りに失敗し、一人席に縦に並んで座る結果となってしまったし。おかげで大した会話もなかったわけで。

「(ここにきて、上原君の言葉が身に染みる……。……最初は、グループ交際みたいなので良かったんじゃないか?………いや、でも、僕が一緒に遊べる面子《メンツ》なんて……)」

ふとここに、天敵ワカメ女、浮気《うわき》三昧《ざんまい》疑惑《ぎわく》男子、女性陣《じん》に並々ならぬ敵対心を燃やすギャル、の三名が同行している情景を思い浮《う》かべる。………………。

「(な、なんか違う! 僕の思ってるリア充《じゅう》グループ交際の雰囲気《ふんいき》と、なんか違う!)」

なんだこの想像しただけでこちらを刺《さ》してくる修羅場《しゅらば》的オーラは! 和気藹々《わきあいあい》としたリア充集団とは対極すぎるだろう! 僕の交友関係、今どうなってるのこれ!?

「雨野君? どうしました?」

一人で唸《うな》っていると、天道さんが心配そうに声をかけてきてくれた。

「あ、ああ、いや、なんでもないです。ただこう、ぼっちを脱《だっ》したとはいえ、自分の現状の交友関係が果たして本当に正解なのかという疑問がふつふつとですね……」

「交友関係……ああ、ゲーム同好会のことかしら」

「え？　ああ、まあ、大体そんなようなものですね」

もっと言えばそこにアグリさんも入るんだけど。

と、天道さんはなにやら少し意地悪な笑みを浮かべてきた。

「あら、なにやら後悔《こうかい》しているのでしたら、ゲーム部はいつでも貴方《あなた》を歓迎《かんげい》しますよ、雨野君」

そう言って顔を覗《のぞ》き込んで来る天道さん。……あぁ、カワイイ……。じゃ、なくて！

僕は頭を掻《か》きながら、それに苦笑いで返す。

「か、勘弁《かんべん》して下さいよ。人が悪いなぁ、もう」

「ふふっ、私は結構本気なんですけどね？」

「そんなこと言ったたって、天道さんだって知っているでしょ？　僕のゲームの腕前《うでまえ》」

「そこはほら、私が徹底的《てってい》に指導していくということで」

「……………………。……………………。……………………えーと、お、お断わりします」

「あらあら、今回は結構考えましたね」

くすくすと天道さんが笑う。僕は思わず頬《ほお》を紅《あか》くしながら反論した。

「すいません。なんだか以前より、天道さんと一緒の部活、というのに魅力《みりょく》を感じてしまった、呆《あき》れる程に意志の弱い自分がおりまして……」

以前あれだけキッパリ断わっておきながら、情けない。まったく、僕という男は……。

そう一人で自分の人間的浅さに落胆《らくたん》していると、なぜか天道さんはぷいっと顔を背《そむ》けてしまった。

「そ、そうですか。わ、私と一緒の部活に前より魅力を……。……そ、そうなんですね」

「？　天道さん？　あ、す、すいません、また誘ってくれたのにこんな……」

今日はデートだというのに、僕はなにカノジョさんの誘いをバッサリ切り捨てているんだ！　こじらせ男にも程があるだろ！　断わるにしても他の言い回しとかあったんじゃないか、等と僕が激しく後悔していると、天道さんは慌《あわ》てた様子でこちらを振《ふ》り向いた。心なしか、頬が少し紅い。

「い、いえ、そんな、全然！　私は今ので充分《じゅうぶん》満足です、はい！　お腹一杯《いっぱい》！」

「は、はぁ。満足……ですか」

僕が部活勧誘《かんゆう》を断わることが満足って……そ、それはそれで、なんか傷つくな。

一人で勝手に傷心していると、天道さんが話を切り替《か》えるように切り出してきた。

「あ、も、もう入り口ですよ、雨野君！」

「は、はい、そうですね」

言われてハッと意識を本日のデートへと切り替える。

《アラウンド1》は、今や地方を含《ふく》めかなりの規模で全国展開している複合エンターテインメント施設《しせつ》だ。一つの建物の中に、ボウリング、カラオケ、アーケードゲームは勿論《もちろん》、最近だと卓球《たっきゅう》・バスケ・テニス・バッティングなどといったスポーツエンターテインメント施設まで併《あわ》せ持った、遊園地とはまた違った意味《い》での、完璧《かんぺき》な娯楽《ごらく》空間。

しかも最近出来たこの店舗《てんぽ》に至っては、田舎《いなか》だけに土地代が安いからか無駄《むだ》に全国最大級の規模を誇《ほこ》るらしく、いよいよ「無い娯楽は無い」ぐらいの勢いらしい。……いや、これ完全に公式ＨＰの受け売りなんだけどさ。

「（まあ、つまるところ完全なリア充御用達《ごようたし》施設なわけだけれど……）」

その「僕に全く向かない感」に若干気圧《じゃっかんけお》されながらもエントランスに入って行く。と、中は案外悪い雰囲気ではなかった。日曜の午前中という時間帯からか、娯楽施設の内容傾《けい》向《こう》からか、どちらかというとリア充云々《うんぬん》よりは家族連れが目立つ。

「（ああ、良かった……）」

僕はほっと胸を撫《な》で下ろす。というのも、あまりに同年代だらけの場所すぎると、天道さんの負担（注目による）が大きくなるかもしれない、という危惧《きぐ》があったからだ。

その点、家族連れが多いこの状況だと、勿論ちらりとは見られるものの、今のところタチの悪い輩《やから》に悪質な絡《から》まれ方をする心配等はなさそうだった。

「（美人のカノジョが不良に絡まれたところを颯爽《さっそう》と助けるカレシ、惚《ほ》れ直すカノジョ……みたいな展開は僕には荷が重すぎるもんな……）」

これが上原君あたりなら、とても似合うのだけれど。…………。……はぁ。

「（って、デート中に勝手に沈《しず》んでどうする僕！　それは駄目《だめ》だろ！）」

僕が決意を新たにしていると、天道さんが僕を振り向いて不思議そうに小首を傾《かし》げる。

「？　どうしたの雨野君、そんな、バキの登場人物が高揚《こうよう》した時みたいな歪《いびつ》な顔して」

「気にしないで下さい。僕なりの覚悟《かくご》の顕《あらわ》れです」

「うん、なにやら凄《すご》く格好良いテンションで言ってくれているところ申し訳ないけど、そんな顔のツレはいやです。出来ればもっとフラットにして下さい」

天道さんの辛辣《しんらつ》な指摘《してき》を受けて、僕は更に表情を捏《こ》ねくり回したものの……まるでうまくいかない。結局数秒で疲《つか》れてしまい、どっと脱力《だつりょく》して「いつものゆるい雨野景太」に戻《もど》ったところで、天道さんが「それがいいです」と笑ってくれた。……僕はなんだか照れてしまい、頭を掻く。……なにこれデートみたい。いやデートなんだけどさ。

二人で受付まで進み、料金表やらアトラクション一覧を見ながら、さて何をしたものかと検討する。

まず、天道さんが「ふむ」と顎《あご》に手を当てつつ提言してきた。

「まずアーケードゲームコーナーでたっぷり遊ぶのは決定事項《じこう》と致《いた》しまして」

「決定事項ですか」

「それ以外に私の積極的にしたいことは特にないです。あとは雨野君、決めて下さい」

「思っていた以上のゲームっ子ですね！」

僕のツッコミに、天道さんが照れ臭《くさ》そうに笑う。

「いえ、友達と遊ぶ時などにはそれなりに私も周囲に合わせた要望言うのですけどね」

「そうですよね。天道さんは基本的にリア充の頂点ですし……」

「勝手に頂点へ設定されている件はさておき。でも……その……」

そこで天道さんはスカートの前で組んだ手を若干もじもじさせつつ、潤んだ瞳で僕をちらりと見て告げてくる。

「……雨野君相手には、その、素直な本当の自分でいようって、思っていまして……」

「天道さん……！」

その言葉に僕は……僕は………。………僕は、猛省《もうせい》する！

「(なんてことだ！　デート初っぱなからいきなり怒《おこ》られてしまうとは！)」

だって、天道さんの交際に対するスタンスを考えると、この発言ってつまり——

「雨野よ。交際しているとはいえ、貴様はまだまだこの私にとっては友達以下のウジ虫が如き存在なのだ！　身の程を弁《わきま》えろ！　恥《はじ》を知れ！」

みたいなことだろう。きっとそうだ。やばい、今日僕、ちょっと浮かれすぎていた！

僕は慌てて、ビシィッと天道さんに敬礼した。

「僕、まずは天道さんと極《きわ》めて表層的な心の通わない会話が出来るよう、一生懸命《いっしょうけんめい》に頑張《がんば》ります！」

「うん、ごめん、私には雨野君が今何を言っているのか全く分からないのだけれど。既《すで》に心が、驚《おどろ》く程に通っていない気がするのだけれど」

「こ、光栄です！」

「私は遺憾《いかん》ですよ！」

なぜか天道さんが大きく溜息《ためいき》を吐《つ》いてた。……む、これはもっと頑張らないとかな！

僕はしばらく敬礼を続けた後、改めて壁掛《かべか》けのフロアガイドを見て検討を再開させる。

「で、では、どうしましょうか、上官」

「誰《だれ》が上官ですか、誰が。ですから、雨野君のしたいことでいいと言っているでしょう」

「なるほど……。…………。…………。…………くぅ！」

「うん、ごめん、雨野君、なんで貴方そんな脂汗《あぶらあせ》ダラダラかくほど追い詰《つ》められているのかしら。一応言っておくけど、別にこれで貴方の評価が決まったりはしないからね？」

「……すいません天道さん。僕みたいなモブキャラぼっち弱気野郎《やろう》にとって、『ツレに自分のしたいことを言う』というハードルの高さたるや……！」

「……雨野君って、狩《か》りゲーで自分の取りに行きたい素材言わないタイプでしょ」

「ああ、いえ、それに関しては全然違《ちが》いますね」

「あら、そうなの？　意外。でも雨野君って確かに言うときは言う人かも——」

「いえ、そもそも一緒に狩りゲーしてくれる人がいないタイプです」

「…………」

「…………」

「……よし、とりあえず館内ぶらついて、気の向くまま遊ぼうか、雨野君。ね？」

　なんかえらい優しい眼差《まなざ》しと声のトーンで言われた。相変わらず天使みたいに可愛い人だけれど、なんでだろう……その慈愛《じあい》に満ちた顔が今は全くもって嬉《うれ》しくない！

　ま、まあ、なにはともあれ。

　こうして僕らの《アラウンド1》デートはようやく開始されたのであった。

＊

天道さんが「さて、アーケードゲームは勿論メインディッシュとして……」とか至極《しごく》当然みたいなテンションで言い出したため、とりあえず僕らはゲームを後回しにして、館内をフラフラする中で目についた比較《ひかく》的空《す》いている施設から利用していくことにした。

まずはバッティング施設。ワンボックスだけ空《あ》いており「雨野君お先にどうぞ」とニコニコ笑顔の天道さんに促《うなが》された僕は断わるに断われず、昔から妙《みょう》に似合わないヘルメットをかぶってバッターボックスへと入った。

それらしく数回素振《すぶ》りをして表情を引き締《し》めながらも、心中で溜息を吐く。

「（苦手なんだよなぁ……バッティング）」

僕は実際運動音痴《おんち》だ。単純にセンスが無いのは勿論なのだけれど、何よりもメンタルの部分が絶望的。緊張《きんちょう》しいで、臆病《おくびょう》で、弱気。

そもそも低いパフォーマンスが緊張で更《さら》に削《そ》がれた上、相手の攻撃《こうげき》意志には敏感《びんかん》に怯《おび》え、こちらが攻撃する際にはえらく気を遣《つか》う。サッカーでは高確率で足が縺《もつ》れ、剣道《けんどう》では防戦一方、野球のバッティングともなると……こちらに向けて放られるボールが怖《こわ》くて怖くて仕方ない。

「（不幸中の幸いなのは、僕が以前野球部だったという余計な経歴が天道さんに知られていないことかな。これなら変に期待されることも——）」

そんなことを考えて構えていると、背後から天道さんの声援《せいえん》が飛んできた。

「あ、以前部活で三角《みすみ》君から聞いたのだけれど、雨野君って確か野球部だったのよね？」

「（三角くぅぅぅぅぅぅぅぅぅぅぅぅぅぅぅぅぅぅぅぅぅぅぅぅん！）」

相変わらずなんなんだあの爽《さわ》やか友人は！　確かに以前うちで一緒《いっしょ》にゲームしたとき、色々雑談した中でそんなこともポロッと漏《も》らしたかもだけど！　よりにもよって、そんな零《こぼ》れ情報をわざわざ天道さんに伝えているってどういうこと⁉　本人が完全に善意でやってくれたのであろうことはヒシヒシと伝わって来るのだけれど……なんて間の悪い！

「頑張って、雨野君！」

「は、ははは、はい！」

頰を引き攣《つ》らせながら応じる。そうしてガチガチの中突然《とつぜん》マシンから放られた第一球に対する僕の成果は——驚く程の振り遅《おく》れによるあまりに間抜《まぬ》けな空《から》振りだった。

『………』

天道さんどころか……彼女に注目していた他の家族連れさん達までなにやら「あちゃあ」というリアクションを見せる。……やばい、冷《ひ》や汗《あせ》搔《か》いてきた。緊張がどんどん高まってくる。そんな状況《じょうきょう》で続けざまに来た二球目も当然……空振りなわけで。

思わず項垂《うなだ》れる僕。気まずそうな天道さん……どころか、周囲の他家族の優しいお父さんお母さん達。そして、無邪気《むじゃき》が故《ゆえ》に残酷《ざんこく》な小学校低学年と思《おぼ》しき男子兄弟。

「かっこわるーい！」「ぜんぜんだめじゃーん！」

キャッキャと笑う坊主頭《ぼうずあたま》の少年達を、傍《そば》にいた両親が慌《あわ》てて「こ、こら」と窘《たしな》め、こちらになんとも言えない笑顔で謝罪してくる。……僕はそれにぺこりと一礼しつつ、しかしすぐにでもやってくる三球目に向かって構えた。

よし、ここから見事に切り替えて、多少なりとも天道さんや周囲に見直して貰《もら》う——

——ことは、当然のように出来なかった。

三球目、四球目、五球目を連続で空振りし、ここまでの失敗を取り戻そうと大振りになった結果、六球目、七球目と余計駄目になっていく。

ワンプレイが全二十球だから、既に三分の一を空振ったことになる。……やばい。

と、八球目を僕が待つ中、隣《となり》からカンッと小気味の良いヒット音が響《ひび》いた。見れば、いつの間にやら隣のバッターボックスに、さっき僕を笑った少年達の兄と思しき方の坊主頭君が入っている。どうやら初球から見事にヒットを飛ばしたようだ。

「……へへっ」

「!?」

わざわざ一度こちらを見て、ニヤリと微笑《ほほえ》む少年。更に彼は僕の後ろの天道さんにまで視線を送る。こ……この坊主！

「にーちゃんやれぇー！」

彼のバッターボックスの入り口では小柄《こがら》な弟が元気に兄を応援《おうえん》していた。気付いたご両親がオロオロと心底申し訳なさそうに僕に目配せしてくるので、僕は僕で「いえいえそんな」的な会釈《えしゃく》を何度も――

〈バスン！〉

「あ」

――しているうちに、遂《つい》にはバットを振ることさえなく八球目のストライクを取られてしまった。

隣のバッターボックスで兄坊主がケラケラ笑い、そのまま、なんなくカコンとヒットを飛ばす。子供が故にパワーこそ無いながら、明らかにその野球センスは僕のポテンシャルを圧倒《あっとう》的に上回っていた。

「ほ、ほう」

僕の中で火がつく。こうなったら、僕は――多少なりとも彼より体格がいいのを活《い》かして、ホームランを狙《ねら》うしかない！　これで年長者の面目躍如《めんもくやくじょ》だ！

そう息巻いた僕は、こちらの様子を窺《うかが》って来る兄坊主の視線にギンッと本気の視線で返すと、残りの打席に全力で挑《いど》み、そして結果――。

「……お、お疲《つか》れさま、雨野君。…………どんまい」

「…………すいません……」

――全二十打席中、見逃し一、空振り十六、ファール三（うち一つはボックス内で跳《は》ねて僕の太股《ふともも》に直撃《ちょくげき》し坊主達の爆笑《ばくしょう》を誘《さそ》う）という……惨憺《さんたん》たる結果を残して、ボックスを出たのだった。

隣のバッターボックスからは少年がカコンカコン軽快にヒットを飛ばす音が響き続ける中、がっくり肩《かた》を落とした僕に天道さんが声をかけてくる。

「ま、まあ、あれです。そう、雨野君のゲームスタイルと同じです！　結果がどうあれ、本人が楽しかったならそれが一番――」

「…………」

「――世の中、時に悲しいだけのことも、ありますよね」

視線をそっと逸《そ》らしてそんなことを言う天道さん。いや、僕的にはむしろその光景が一番悲しいのですが、それは……。

と、そんなことをしているうちに隣のボックスから少年が満足げに出て来た。

「へへへっ、楽しかったぁ！」

「すごいねにーちゃん！　ぜんぶうってたよ！」

「おう、こんなのラクショーだぜ！　うてないほうがおかしいレベル！」

「ぐっ⁉」

兄坊主が僕の方を流し目で見ながらそんなことをのたまう。ご両親がその頭を小突《こづ》きながらこちらにペコペコ頭を下げてくれているものの、僕と兄坊主はそれに全く構わずバチバチと視線を戦わせていた。……そ、そうか、これこそがライバルという存在——

「じゃあ雨野君、次、私やってみますね！」

「はーいどうぞどうぞ——って、え？」

ふと気付けば、天道さんが意気揚々《いきようよう》とバッターボックスへと入っていってしまっていた。まさか彼女までバッティングに興じると思っていなかった僕は慌てて入り口フェンスに摑《つか》み寄る。

「え、て、天道さんもやるんですか⁉　この流れで⁉」

僕と違って妙に似合うヘルメットを可愛くかぶりながら、天道さんがこちらをちらりと振り向く。

「はて？　流れ、ですか？　良く分かりませんが、雨野君のプレイを見ていてムズムズしてしまったので、私も少し興じてみようかなと思ったまでですよ」

「あ、ああ、いや、天道さんが楽しむのはいいんですけど、でもこれちょっと、その、天道さんのポテンシャルや性格的にどう考えても……」

「あ、もう始まるみたい。じゃあね、雨野君」

「あ」

そう告げて、ゲームに臨《のぞ》むときと同じ絶大な集中力を伴《ともな》って前方を睨《にら》みつける天道さん。

それから約五分後。そこには……。

『…………』

「ふぅ、ホームランが十三本しか出せないなんて。これは精進《しょうじん》しないと駄目《だめ》ね」

そこには十三本のホームランと、七本のヒットを出してなお不満そうにボックスを出て来る天道さんと……そして、彼女と僕を交互《こうご》に見る家族連れの皆《みな》さんの姿があった。

『(い……いたたまれない！)』

場に明らかにそんな空気が漂《ただよ》う。ふと気付くと、坊主頭少年がいつの間にか僕の背中の腰《こし》辺りに、何か慰《なぐさ》めるように手を置いてきていた。

僕がちょいと泣きそうになる中、天道さんが全く悪気のない笑顔を向けてくる。

「やっぱり簡単そうに見えて難しいのね、バッティングって。実に奥が深いわ」

「そ、そうですね……」

「でも、意外と面白くてびっくり。限られた球数の中でハイスコアを目指すこの感覚……私、凄《すご》く好みだわ！」

「そ、そうですか。それは良かった……」

　僕の、男（カレシ）としての面子《メンツ》を完全に潰《つぶ》した自覚などまるでない様子ではしゃぐ天道さん。……僕本人としてはまあ、彼女が楽しそうならそれでいいかとも思うのだけれど……周囲の皆さんがあまりに同情的な視線を僕に向けてくるので、むしろそれこそがいたたまれなくて仕方ない。小学校時代に友達とふざけていたら、真面目《まじめ》な女子に「ちょっと男子ぃ、雨野君いじめるのやめなよー」と言われた時と同じ類《たぐい》のみじめさ。

「じゃ、じゃあ、他行ってみましょうか！」

　僕はこの場からの退出を天道さんに促す。彼女は少し不満そうだった。

「え？　ああ……そうですね。でも、もう一回やりたい気持ちも多少……」

「れ、連続して占有《せんゆう》するのは良くないですよ、ええ！」

「あ、それもそうね。うん、行きましょうか」

　なんとか彼女に納得して貰って、バッティング施設《しせつ》を去る僕ら。

……最後にちらりと背後を窺《うかが》うと、なにやら坊主兄弟が、僕らの方を見てケラケラと実に楽しそうに笑っていたのだった。

*

結局『アラウンド1』におけるスポーツ系施設の利用風景は、一事が万事《ばんじ》こんな感じだった。卓球《たっきゅう》でも、ダーツでも、ビリヤードでも、ボウリングでも。

まず僕がへっぽこプレイをして、天道さんが気まずそうにフォローを入れる。しかしそれでいて彼女、勝負事となると真剣《しんけん》そのものな性質なので、その全てに全力で臨み——そうして僕をこてんぱんにする頃《ころ》には、僕への気遣《きづか》い云々《うんぬん》はすっかりどこかに行き、完全に自分との勝負の世界に入って一人、悦《えつ》に入《い》るなりミス部分の検討なりをしている。

しかもまた悪いことに、例の坊主兄弟を伴った家族連れも高頻度《ひんど》で同じ場に居合わせ、子供達が僕と張り合ってスコアを上回ってはキャッキャとはしゃぐ始末。

結果「デート」としては落第点にも程があったものの、しかし……。

「それにしても雨野君！　ここ、凄く楽しいわね！」

「は、はぁ、それは良かったです……」

一通りスポーツ系の興味ある施設を回り終え、館内フードコートで二人、昼休憩《きゅうけい》がてら軽食を取り終えたところで。

天道さんが突然、少し興奮気味にそう切り出してきた。

僕は苦笑いで応じながら、まあ彼女が楽しいならそれで充分《じゅうぶん》だよなと納得し、氷が溶《と》けて薄《うす》くなった烏龍茶《ウーロン》を啜《すす》る。

天道さんは少し落ち着いた様子で、それでもどこか上機嫌《きげん》に続けてきた。

「不思議ね。学校の体育で同じ事をしてもここまで高揚《こうよう》したことはないのだけれど」

「ああ……それはなんとなく気持ち分かります。あれですかね。義務でやるのと、自発的にやるのとの違《ちが》いですかね」

「ええ、それは勿論《もちろん》あるのでしょうけど……」

言いながら、なにやら僕をちらりと窺い見る天道さん。僕が首を傾《かし》げると、彼女はなぜか少し慌てた様子で、アイスレモンティーを口にした。

なんだか天道さんが気まずそうにしているので、僕は話題を変えることにした。

「さて、これからどうしましょうか。そろそろアーケードゲームとかします？」

「え？　あ、ええ、そうね。でも詰《つ》め込んで遊んでいたせいか、まだ案外時間あるわよ」

「ですね。とはいえスポーツアトラクション系のめぼしいところは大体……」

僕は鞄《かばん》から入り口で貰った館内案内図を取り出すと、テーブルに広げる。対面側の天道さんに文字がちゃんと見えるようにとマップを回転させていると、天道さんは「あ、いいわよ」と告げて、僕の隣に来るよう椅子《いす》を移動させてきた。

　思いがけず接近した彼女の髪《かみ》から、ふわりと優しい柑橘《かんきつ》系の匂《にお》いが香《かお》る。

「(う……)」

　僕は照れて、少し身を離《はな》してしまった。……そのいい香り自体がどうこうより、相手の匂いさえ感じられてしまう距離《きょり》、というのがどうにも慣れない。

　しかし天道さんは僕のそんな心中を見透《みす》かしてかもしくは天然か、ぐいっともう一度距離を詰めてきた。……僕は流石《さすが》に観念して、出来るだけこのドキドキを気にしないよう、館内図の方に集中する。

「えっと。そう、あの、めぼしいところは大体行った気がするんですけど」

「ええ、そうみたいね。……あれ？　でも雨野君、こっちのフロアって……」

　天道さんがそう言って指差したのは、連絡《れんらく》通路で繋《つな》がった別館の方だった。確かにこの『アラウンド1』には大きな別館がある。しかし、そこの大きな建物にあるスポーツ娯楽《ごらく》施設《しせつ》はただ一つ。それというのも……。

「えっと、アトラクション系のプール、ですね。ウォータースライダーがあったり、波があったりするアレです。でもこれは……」

　実際僕も勿論その目立つ存在は知っていたのだけれど、最初から選択肢《せんたくし》として完全に排除《はいじょ》していた。……だって……。

「（そもそも似合わないっていうのは勿論だけど。流石に天道さんに水着姿になって貰《もら》うのはまずいだろう……）」

　ただでさえ多くの視線を集める女性が、その上水着姿なんて……正直なところ、浮《うわ》ついた気分より、嫌《いや》なトラブルの予感の方が先に立って仕方ない。それに実際プールに行ったところで、天道さん好みの「遊び」もあまり無いだろうし。

　そんなわけで僕が普通《ふつう》に却下《きやつか》しようとしてると、天道さんが何気ない調子でしれっと告げて来た。

「折角だから冷やかし程度にでも見て来ましょうよ、雨野君」

「ええ!?」

　思わず椅子をガタリと鳴らす。天道さんは不思議そうに首を傾げていた。

「どうしました？　何か問題でも？」

「いや、何か問題もなにも……」

　どうして、注目を受けそうな本人がそう無防備なのか。僕が唖然《あぜん》としていると、天道さんは僕側のその心配にようやく気付いたのか、「ああ、なるほど」と呟《つぶや》き、少し悪戯《いたずら》っぽく笑った。

「雨野君は、私の水着姿を他の人に見られたくないと、そういうわけですか」

「い、いや、まあ、そういう言い方すれば、そうなんですけど！」

「え？　あ、そ、そうですか。……半ばジョークだったんですけど……」

「え？」

天道さんが頰《ほお》を紅《あか》くして俯《うつむ》く。僕も思わず赤面しつつ、慌《あわ》てて取り繕《つくろ》った。

「あ、いや、そ、そうじゃなくて！　というかいっそ僕なんかにさえ見せないべきというか、出来るだけ人目につかない場所に大事に封印《ふういん》しておくべき存在というか……」

「私の水着姿は超《ちょう》古代兵器か何かですか」

「人の心にある種の闇《やみ》をもたらす存在であることは確かです」

「じ、自分のカノジョの水着姿にそこまで言いますか!?　酷《ひど》いですよ雨野君」

少しむくれる天道さん。ああ、ぷくっとしたほっぺたもかわいい。……じゃなくて。

「し、しかしながら、やはり、大きな戦争の引きがねになりかねないものを、そんなおいそれと容易《たやす》く持ち出すべきではありませんよ、上官」

「だから誰《だれ》が上官ですか、誰が！……はぁ。いい？　雨野君。私は、そもそも必要以上に自分を抑《おさ》えるのを良しとしない性格です」

「それは僕も今日一日で痛い程身に染みております」

主《おも》に勝負事で無慈悲《むじひ》にコテンパンにされながら。

天道さんが腕《うで》を組んでうむうむと頷《うなず》きながら続ける。

「ですから、人に注目されるのを恐《おそ》れ、自分のしたいことをそっと控《ひか》える。……これほど私の主義に反する行動もありません」

「リア充《じゅう》の頂点なのに、殆《ほとん》どイチからゲーム部作っちゃう人ですしね」

「そうです。ならば答えは一つでしょう。……たとえ結果的に人類が滅《ほろ》ぼうとも、私が雨野君とプールデートを楽しみたいと思ってしまったのだから、もうそれは仕方ない」

「超古代兵器どころか最早《もはや》魔王《まおう》の風格ですね！　思想が完全に人類の敵のそれですね！」

「ごちゃごちゃ五月蠅《うるさ》い人ですね。仕方ない。じゃあ雨野君。もう、私は、シンプルに一つだけ質問することにします」

「はい、なんでしょう」

「こほん。雨野君、貴方《あなた》は……」

天道さんはそこで一拍《いっぱく》置き。僕の目を真剣に見つめながら……問い掛《か》けてきた。

「貴方は、私とプールデート、したいですか、したくないですか」

「僕は人類を裏切ってしまった……」

＊

プールサイドにて貧相なレンタル海パン姿で黄昏《たそが》れる痛いセカイ系妄想《もうそう》に囚《とら》われた中二病男子が一人。……僕だ。

プール入り口近く、おどおどと周囲を見渡《みわた》しながら天道さんの更衣《こうい》が終わるのを待つ。

結局こうしてプールに来ておいてなんだけど、やはり……つくづく自分には向かない場所に思えた。

天窓越《ご》しの太陽光の下、元気に泳ぎ回る子供達、それをプールサイドから見守る優しげな両親、ウォータースライダーで盛り上がるリア充集団、ベタに水をかけあうカップル。

……この風景自体は別に嫌《きら》いじゃない。平和で楽しげな風景を心底呪《のろ》うような歪《ゆが》み方はしていないつもりだ。それどころか、それらを眩《まぶ》しくさえ感じる程で。

ただ、だからこそ。自分みたいなのがこの空間に入っていくのが、酷く居心地《いごこち》悪かった。

「(ゲーム部体験入部の時に感じたあれに近いかも……)」

強い人達の対戦を見るの自体は凄く楽しい。けれど、自分がそこにまざりたいかとなると、話はかなり別ということだ。

「（……おかしい。まがりなりにも『カノジョ持ち』で、今まさにデート中というこれ以上ない程のリア充状況《じょうきょう》なのに、僕の中に未《いま》だこれっぽちも『リア充感性』が生まれてこないのはどういうわけなのか）」

キャッキャと水をかけあうカップルをジーッと見つめる。じ、実に楽しそうだ。が……なんだろう、僕にあれが、出来る気がしない。音ゲーの超絶《ちょうぜつ》テクを見せられている気分だ。相手に不快さを与《あた》えない程度にいい塩梅《あんばい》に水をかける妙《みょう》と、滝《たき》の如《ごと》く流れてくる音符《おんぷ》を無表情で処理する熟練音ゲーマーに、なにやら共通した職人芸を感じる。あんなの、僕にはとてもじゃないけど無理……い、いや！

「（なに言っているんだ僕は！　そこは根性見せないとだろ！　なんでもやらずに切り捨てる姿勢とか、ホント良くない！　よし、天道さん来たら、僕らも是非《ぜひ》アレを——）」

そう、妙な決意を僕が滾《たぎ》らせた、その瞬間《しゅんかん》だった。

「お待たせしました、雨野君」

「！」

突然《とつぜん》背後から声をかけられ、ビクンと肩《かた》を震《ふる》わせつつ振《ふ》り返る。と、そこには——

——そこには、天使がいた。

「（…………………おっと、やばい、今軽く一機死んでたぞ、僕）」

数瞬飛んでいた意識が戻《もど》ってきたところで、改めて正面から天道さんの姿を見る。

「ど、どう、かしら？」

ほんのり頬を染め、恥《は》じらいながら後ろで手を組む天道さんは……かなり責めた白のビキニを、しかし完璧《かんぺき》に着こなしていた。本来露出《ろしゅつ》で魅《み》せるハズのものが、しかし本人の素《す》の魅力度《みりょく》が高いせいで、異常な相乗効果をもたらしている。もはやセクシーだとかエロいとか以前に、素直な感想としてはただ一言——

「ありがとうございました」

「雨野君、それは水着の感想としておかしすぎるでしょう」

「い、いや、もう、存在として、ただただ『感謝』の域ですよ、これは」

「いえ、そんな武を極めた先の境地みたいな感想を言われても……」

「似合ってますとか、そういう凡庸《ぼんよう》な感想をまず言いたくないレベルなんです」

「似合ってますとか、そういう凡庸な感想をまず言って下さるかしら！」

「似合ってます」

「よろしい」

ようやく天道さんが満足げに微笑《ほほえ》む。……む、難しいな、女性に対する賛辞って。

僕はそろりと周囲を窺《うかが》う。……まあ当然ながら、案の定《じょう》、とんでもない視線が集まっていた。それも、老若男女《ろうにゃくなんにょ》一切問わずだ。

空に巨大《きょだい》ＵＦＯが現れたから見るのと同じ感覚だ。プールに天使が降り立ったら、そりゃ、見る。見ない理由が無い。

僕がその危惧《きぐ》した通りの注目状況に冷《ひ》や汗《あせ》を掻《か》くも、しかし天道さん本人はケロリとした様子で僕へと微笑みかけてきた。

「雨野君も、水着、似合ってますよ」

「今、この状況で貴女がそれを言いますか」

「白くて艶《なま》めかしくて柔《やわ》らかそうで、実に美人さんな身体つきだと思いますよ？」

「天道さん、それ僕、誉《ほ》められている気全然しない」

「私、ライ○ップのＣＭでも意外とビフォーの人相が好みだったりしますから」

「天道さん、それいよいよ僕、誉められている気がしない！」

僕は今、ひっそりと今日から筋トレを始めることを決意した。

そうこうしている間にも、流石に視線がそれなりに散り始めた。最初に危惧していたような、厄介《やっかい》な人が絡《から》んで来る雰囲気《ふんいき》でもない。

僕がほっと胸を撫《な》で下ろしていると、天道さんはクスクスと笑った。

「雨野君は、ちょっと私を過大評価しすぎですよ。私をなんだと思っているのですか？」

「え？　少なくとも僕にとっては天使以外の何者でもないですけど……」

「おっとすいません、いきなりのド直球で私、動揺《どうよう》が隠《かく》せません。十秒程お待ち下さい」

そう言うと天道さんは僕に背を向け、なにやら大きく深呼吸を繰《く》り返し始めた。うーん、やっぱり背中も凄《すご》く綺《き》麗《れい》だなぁ。あれ？　どうして翼《つばさ》が無いのだろう？　あ、僕の心が邪《よこしま》だから見えないのか。そうかそうか、それなら色々納得いくな、うん。

僕が割とガチでそんな推理をしていると、復帰した天道さんが若干ビジネスめいたいつもの「天道スマイル」で僕に向き直ってきた。

「お待たせ致《いた》しました。さて、何しましょうね？」

「えっと、それなんですけど……」

言って、ちらりと脇《わき》の浅いプールエリアを見る。すると天道さんが「ああ」と微笑んだ。

「あまり泳ぐつもりもないですけど、ちょっとぐらい水に濡《ぬ》れておきましょうか」

「は、はい」

僕と天道さんは、ビーチを模したなだらかな浅瀬《あさせ》へと入水していく。適度にぬるい水が足に心地良い。そうして膝下あたりまでつかったところで、僕は天道さんに向き直り思い切って水をいきなりかけ――る勇気は無かったため、口で提案してみた。

「み、み、水をおかけしてよろしいでしょうかっ！」

「へ？　えーとそれは……ああ、そういう……」

一瞬《いっしゅん》目を丸くしたものの、周囲で……先程とは別のカップルが水のかけあいを始めていたのを見て、納得する天道さん。

彼女は僕の方を振り向くと、なぜか精悍《せいかん》な顔つきで頷いた。

「ええ、いいでしょう」

「で、では……」

そう言って緊張《きんちょう》しながらも僕は両手で水を掬《すく》うも……そこで、天道さんが突然待ったをかけてきた。僕の指の隙間《すきま》からちょろちょろと水が漏《も》れる中、天道さんは続ける。

「しかし、やるなら明確にルールを決めた方がいいでしょう」

「る、ルールですか」

あ、あれ？　なんか僕の思ってた「カップルの水かけっこ」から既《すで》にして少し離《はな》れてきているような……。

「当然よ。勝利要件が設定されていない攻撃《こうげき》の応酬《おうしゅう》など……不毛なことこの上ないとは思わないかしら、雨野君」

「いや、あまり思わないですけど……」

「それは浅慮《せんりょ》ね、雨野君。だってこのまま水のかけあいを始めてしまえば、私と雨野君は、どちらかが体温低下で亡くなるまで水をかけあうわけでしょう？」

「そんな悪夢みたいな『水かけっこ』、初めて聞きましたよ！」

サスペンス映画におけるサイコ殺人犯のリア充カップル殺害方法みたいな発想だった。

天道さんは依然真剣《いぜんしんけん》な表情のままで続ける。

「だからこそ、何をもってこの試合を終了《しゅうりょう》とするのか。それはとても重要なことよ」

「ほどほどに楽しんだらそれで終わりでいいのでは……」

「雨野君は以前言いました。白黒つけない回線切断は悪であると」

「まさかこの場面でその発言を持ち出されるとは思いませんでした」

「つまり、たかが『水のかけあい』だろうと、白黒はちゃんとつけるべき。それは、私と雨野君の共通認識のハズじゃないですか」

「うん、ごめん天道さん、僕今正直『この人超面倒臭《ちょうめんどうくせ》えな』って思っています」

「む、雨野君はルール設定なしでいいと仰《おっしゃ》る？　なるほど。……では雨野君、始めましょうか……生きるか死ぬか《デッド・オア・アライブ》の――私達の『戦争《デート》』を」

「勝手に『花憐プールサイド』始めるのはやめて下さい。そんな物騒《ぶっそう》なルビ形式でのデートじゃなくて、普通《ふつう》にデートしましょうよ！」

「普通に……きゃっきゃと無為《むい》に楽しく水をかけあうだけで、貴方は満足なのですか！」

「大分満足ですけど!?」

「いいでしょう、ではやりましょうか。――無益な水のかけあいというものを！」

くわっと目を見開く天道さん。

かくして僕らの「水のかけあい」は始まった。

まず僕が恐る恐る、天道さんのお腹あたりに、ぴちゃっと水を飛ばす。天道さんも同様に、僕のお腹あたりに水を返してくる。それを、交互《こうご》に、無言で、繰り返す。

ぴちゃり、ぴちゃり、ぴちゃり、ぴちゃり、ぴちゃり、ぴちゃり。

………………。

と、天道さんが、なんだか酷《ひど》く虚《むな》しそうに歯を食いしばって告げて来た。

「くぅ！　こんな生産性の無い争いの先に、一体何があるというのですか雨野君！」

「すいません！　確かに僕にもよく分からなくなってきました！」

なんだこれ！　楽しくないにも程があるだろう！　どうなってんだ世の中のリア充《じゅう》は！

「や、やはり、天道さんの指摘《してき》通り、多少はルールがあった方が楽しいのかも……」

僕がそう告げた途端《とたん》、天道さんは今日イチじゃないかって程の笑顔を見せてくる。

「ほ、ほうら、やっぱりそうでしょう！　まったく、雨野君の優柔不断《ゆうじゅうふだん》で、時間を無駄《むだ》にしてしまったわ！　最初から私の言うとおりにすれば良かったのに！」

「そ、そうかもしれないですね、すいません、反省です」

「分かればよろしい。というわけで、ルールを作りましょう、ルールを！」

そうして、活き活きと検討に入る天道さん。

……そうして、三分後。

「では……行くわよ、雨野君！」

「ええ……いつでも来て下さい、天道さん！」

そこには、一定距離《きょり》離《はな》れつつ、互《たが》いに鬼気《きき》迫《せま》る表情で向き合うカップルの姿があった。

『………』

試合開始宣言から三秒が過ぎる。……未だ互いにピクリとも動かない。

四秒が過ぎる。近くにいた家族連れが剣呑《けんのん》な空気を察知して若干《じゃっかん》ざわつきだす。

そして五秒が経過した――その瞬間だった。天道さんの肩が僅《わず》かにぴくりと動く。それを攻撃の予備動作と見て取った僕は、咄嗟《とっさ》に左方向へ移動。次の刹那《せつな》、先程まで僕の頭があった場所を無慈悲《むじひ》な弾丸《だんがん》――またの名を「ただの水しぶき」が薙《な》いでいった。

「ちぃっ！」

天道さんが舌打ちする。僕はニィと微笑むと、自分の持ち時間――十秒をたっぷり使いながら、脳内で素早くルールの再確認を行う。

「(相手の髪《かみ》を濡らした方が勝ちというこの勝負。野球のように攻守《こうしゅ》交代があり、攻撃側が一ターンに水を放てるのは、一発限り。それが終わるか、もしくは制限時間の十秒が過ぎれば、攻守交代。これを何度も繰り返し、先に相手の髪を濡らした側が勝ち！)」

そんなルールの反芻《はんすう》をしているうちに、既に七秒が経過していた。

……と、天道さんが焦《じ》れた様子を見せる。僕は「ここだ」と狙《ねら》い澄《す》ますと、バシャリと大きく水を放つも——しかし、それこそが天道さんの作戦だった！

「な……」

その動きは読んでいたとばかりに回避《かいひ》する天道さん。しまった……誘《さそ》われた！

僕の攻撃が失敗に終わり、天道さんに攻撃ターンが回る。僕はこの動揺を立て直そうと息を大きく吸うも、次の瞬間——

「はぁっ！」

「(な、速攻《そっこう》だと!?)」

自分の攻撃ターンになった瞬間に水を放って来る天道さん。てっきりまた十秒たっぷり使ってくるものと思い込んでいた僕は咄嗟に回避行動を取るも……僅かに間に合わず。

僕の前髪がしっとりと濡れてしまったところで、試合は終了となった。

その場で膝《ひざ》に手をつき、がくりと項垂《うなだ》れる僕。

「……負けた……」

「私の勝ちね！」

堂々と胸を張って勝ち誇《ほこ》る天道さん。

僕らはそのまま、しばし互いに勝利や敗北を噛《か》み締《し》める。

と、そうこうしていると、ひりつくような真剣《しんけん》勝負を終え若干満足を得た僕と天道さんの脇で、他のカップルがきゃっきゃっとはしゃいで楽しげに水をかけあい始めた。

「あはは、ちょっと、やめてよぅ、もう。……えい！」

「わっぷ！　こら、ずるいぞぅ！　そーれ！」

「やーん♪」

『…………』

彼らの「水のかけあい」にはルールもクソも無く、遊びの質としては僕らがやっていたそれの方が遥《はる》かに上。だというのに……だというのに！

『…………』

僕と天道さんは、カップルの幸せオーラたっぷりなはしゃぎっぷりをまじまじと見つめた後。そろりとお互い、無言で目を見合わせ。

『…………』

二人、とぼとぼと、酷い負け犬の如《ごと》く水から上がっていったのだった。

＊

水のかけあいをして以降、なぜかめっきりテンションが下がってしまった僕らは、とりあえずプール内の施設《しせつ》をアテもなく見て回ってみたものの……人の混雑も相俟《あいま》って、イマイチ積極的に食いつけるものもなく。

また、やはり水着状態の天道さんに集まる視線の熱量はどうしたって普段《ふだん》より高くなりがちで、流石《さすが》の天道さんといえど少し辟易《へきえき》し始めてしまっていた。

結局プールを一周したところで、僕から彼女に切り出す。

「……そろそろ、アーケードゲームの方にでも行きましょうか」

「そ、そうね！　それがいいかもしれないわねっ、ええ！」

途端、分かりやすく目をキラキラ輝《かがや》かせる天道さん。僕は苦笑いしつつも「じゃあ行きましょうか」と天道さんを促《うなが》して歩き出す。

――と、そうして、そそくさとプール出入り口近くまでやって来た時だった。

「……？　なんだ？」

これまで何処《どこ》に行っても天道さんにばかり注がれていた視線が、別方向に割れている。

「？　何かあったのでしょうか？」

「さあ……少なくとも事故とかではなさそうですけど」

悲鳴や怒号《どごう》が飛び交い、騒《さわ》ぎの中心に人だかりが……という類《たぐい》の話ではなく、それこそ天道さんへの注目と同じように、ちらちらと一帯の皆《みな》が何かを盗《ぬす》み見ているような空気。

それは、出入り口に近付けば近付く程顕著《けんちょ》になり、遂《つい》には天道さんへの注目に勝《まさ》るとも劣《おと》らないレベルに感じられたあたりで……ようやく僕らにも、その注目の正体が理解できた。

『あ』

僕と天道さんは、二人、揃《そろ》って声をあげる。なぜならその注目の中心に見えたのは、とある女性の後頭部――後ろからでも分かる程の海藻類《かいそう》だったからだ。

キャラに似合わない爽《さわ》やかなアクアマリン色の水着を身につけ、その無駄に出るとこ出たボディで主《おも》に男性の注目を一身に集める女性。

彼女はなにやら一人、入り口前でおどおど、そわそわと所在なさげに動いている。

「……雨野君、あれ、明らかに……よね？」

「……ですね」

天道さんと二人顔を見合わせる。……正直対応に困るものの、流石に無視して出て行くのもおかしな話だ。仕方なく二人で声をかけようと近付いて行くと……その直前、彼女――星《ほし》ノ守《もりち》千秋《あき》は、突然《とつぜん》色黒な爽やかイケメンに声をかけられた。

「やあキミ、なにか困ったことでもあるのかい?」

白い歯をキランと輝かせて爽やかに笑う健康的な色黒イケメン。実際目的はナンパなのかもしれないけれど、傍《はた》で見ている分には割と感じのいい声のかけ方だった。本当に「心配」も二割ぐらいは入っている印象だ。

しかし――だというのにもかかわらず、チアキは必要以上にびくーんと怯《おび》え、小動物のように肩《かた》をプルプル震《ふる》わせながら彼に涙目《なみだめ》で向き直った。

「ええ!? あ、あのあの、いえいえ、そのその、じょ、じょぶじょぶ、です」

「は、はい? も、もう一度ゆっくり喋《しゃべ》ってくれるかい?」

首を傾《かし》げ、一歩近付く色黒イケメン。そりゃそうだ。が、チアキ的には近付かれたことが余計にプレッシャーになったらしく、更《さら》にテンパって応対する。

「じ、じじ、自分はまち、まち、あわあわ、せ、してるだけ、ですです、ののので」

もはや一人輪唱みたいになっている。彼女の、言葉を繰《く》り返しがちなクセを知っている僕や天道さんとしては「ああ、待ち合わせ中か」と理解できたものの、初対面の男性にそれを分かれというのも酷《こく》。彼は一旦《いったん》チアキを落ち着かせようと、あまり悪気はない様子ながら——しかしちょっとどうかと思う気軽さでチアキの肩に手を伸《の》ばした。

『ちょ——』

流石にそこで僕と天道さんが同時に声をかけようとしたところで……なにかを察知したのか、突如《とつじょ》こちらを振《ふ》り向いたチアキと、バッチリ目があった。

「あ……」

瞬間、チアキの顔に、これまで見た事ない程の切ない安堵《あんど》が浮《う》かぶ。

そうして、色黒男性もまた動きを止めてこちらを見る中……チアキはその瞳《ひとみ》にうるうるとたっぷり涙を溜《た》めると……突如、ダダダダッと、猛烈《もうれつ》な勢いで走り出した。

「え、ちょ——」

——明らかに、僕達——というより僕に向かって来るコース。

そうして、彼女はこちらが反応する間もなく、するりと僕の背中に回り込むと……その両手でぎゅうっと僕の右側の二の腕《うで》へと縋《すが》り、背後から例の男性に向かってぱくぱくと口を開け閉めした。

「あの、あのあのっ、こ、このこの、人、その、じぶ、自分の——」

相変わらず全く何も言えていない。しかしどうやら色黒イケメンさんは本当に根っからいい人だったみたいで……爽やかに微笑《ほほえ》むと、色々察してくれたのだった。

「ああ、ちゃんとカレシさんが来たのなら良かった。じゃあ、オレはこれでー」

まあ、察し間違《まちが》えているのだけれどね！　色々と！　致命《ちめい》的に！

色黒男性が颯爽《さっそう》と去っていく中、右腕には未だぎゅうと縋るチアキの手の感触《かんしょく》。

そして天道さんがいる左側からは……。

「………」

なにやら、振り向けない「圧」を感じさせるオーラ。なんだこれ。超怖《ちょうこわ》い。

僕はその現実から逃《に》げるように、まず右側のチアキを振り向いた。

「おい、チア──」「………」

文句の一つも言ってやろうとしていたものの、なんか、めっちゃ涙目で震えながら上目使いされている。……言えない。いくら敵対存在と言えど、こういう人間に厳《きび》しい言葉をかけられる程、僕は鬼畜《きちく》じゃない。

「………」「…………こほんこほん」

結果として僕とチアキが意味もなくくっついてジーッと見つめ合ってしまっていると、左隣《ひだりどなり》から咳払《せきばら》いが聞こえて来た。天道さんだ。……僕だってラブコメの鈍感《どんかん》主人公じゃないのだから、それの意味するところは分かる。分かるけれど……。

「………」「………」

なにコイツ、全然放してくれないんですけど。既《すで》に涙は引いて、若干落ち着いたフシまであるのに、全然手を放す気配ないんですけど。

「……えーと、そこのワカメさんや」「なんですか、もやしさん」

人の二の腕をぐにぐにしながら悪態をつきつつ、それでいてしかし放す素振《そぶ》り一切無く、淡々《たんたん》と応じてくるチアキ。……いや、ホント、なんなの。デート中の男の腕に掴《つか》まる水着女とか、ちょっと洒落《しゃれ》にならないアレさなんですけど。なにこれ。なんで僕急に修羅場《しゅらば》みたいになってんのこれ。……ハッ、そうか嫌《いや》がらせか！　なるほどなるほど、だったらこちらも力尽《ちからず》くで振りほどいてや――

「……け、ケータなのが癪《しゃく》ですけど、ま、まだちょっと震えているので、仕方なく支えにしといてやりますよ……。…………ふぅ……」

「…………」

――出来なくなりました。じ、事情が事情すぎる！　別にあの男の人絶対悪い人じゃなかった感あるけど、でも、僕と同じくぼっち感性のチアキが慣れない水着状況《じょうきょう》で異性に声かけられて心底ビビる気持ちは、痛いほど分かるわけで。

しかし、震えるような小声だったチアキの言い訳は天道さんに聞こえていなかったらしい。左側の「圧」がまったく消えない。しかし逆にチアキは徐々《じょじょ》に元気を取り戻《もど》し、結果として……。

「まったく、なぜこんなところにケータがいるのですか」

「それはこっちの台詞《せりふ》だって。なんでチアキがいるんだよ……」

「……………」

デート中に別の女とイチャイチャ密着して話す男を後ろから無言で見守るカノジョ、という、なんだかとんでもない風景が出来上がってしまった。

僕は冷《ひ》や汗《あせ》をだくだくと掻き始める。と、チアキが不快そうに顔を顰《しか》めた。

「なんか二の腕がベタついてます。キモイですね、ケータ」

「お前……！」

ホントなんなのこの人⁉　敵だ敵だと思ってきたけれど、ガチで敵すぎるだろう！　どういう相性《あいしょう》の悪さなんだよこれ！

僕はもう力尽くで腕を振りほどきたい衝動《しょうどう》を必死で抑《おさ》え……なんとか彼女に自発的に離《はな》れて貰《もら》うべく、目の動きも使ってチアキを諭《さと》しにかかった。

「ほ、ほら、チアキ。そっちに、ほら。天道さん」

「？　ちゃんと気付いてますよ？　こんにちはです、天道さん」

僕の腕に摑まったまま、ぺこりと天道さんに笑顔で会釈《えしやく》するチアキ。これには天道さんも思わず反射的に「あ、こんにちは」と返す。

…………。

「いやいやいやいや、おかしくない⁉　チアキ⁉　分かるでしょ⁉　ほら、一応僕がお付き合いさせて頂いている天道さんが、今、まさに一緒《いっしょ》に、いるわけで！　ね⁉」

「？　はい、つまりデートですよね？　じ、自分だってそれぐらい分かりますよ！」

「だったらなぜそんなに堂々とこの状況を維持《いじ》・継続《けいぞく》出来るわけ⁉」

「？　はて？　ケータの言っている意味がよく……」

本当に不思議そうに首を傾げるチアキ。僕から見える角度的に、妙《みょう》にその胸の谷間が強調される。……く！

「なんでだよ！　僕、ほら、デート中なわけ！　ね？　で、まあ海藻とはいえ一応はメスに分類される存在が腕にずっと組っているとか、ほら、あまりに……」

「？　なんですかそれ。ふふっ、おかしなケータです。それじゃまるで、自分がケータにベタベタするのを、天道さんが嫌がっているみたいじゃないですか。変なの」

「変なのはお前だよ！　え⁉　なに⁉　分かっててやってるの⁉　悪意パないな！」

「？　ケータこそ、変ですね。天道さんの『厚意』、ちゃんと伝わってますか？」

「だから『好意』とか恥《は》ずかしげもなく言うのやめろよ！　本人の前で！」

気付けば、天道さんが若干気まずそうに俯《うつむ》いてしまっていた。……くぅ！

そこで、ようやくチアキも何か思うところがあったらしい。そろそろと……ゆっくり息を整えながら僕の腕を放す。………う、うぅ……なんかチクリと胸が……。

「た、確かに、あんまり二人のデート風景を崩《くず》すのはよくないかもですね……」

「いや絶対良くないだろう。なんでその結論に行くまでに時間かかってんだよ……」

「む。ケータ、気にしすぎでは？　そうそう『彼女』に見られているわけでもないでしょうに……」

なにやら周囲を窺《うかが》いながらそんなことをのたまうチアキ。……いやいや。

「今めっちゃ注目されてますけど。カノジョさんは勿論《もちろん》、周囲からも。なんか水着美少女二人に囲まれて修羅場っている男、的な、もんの凄《すご》い注目のされかたしてますけど、僕ら」

「……び、美少女……」

「そ、そこで変に照れないでくれる!?　あと天道さん、こっそり不穏《ふおん》な笑顔のまま距離《きより》離してかないで！　チアキは人見知りが高じてたまたま僕に縋っていただけだから！」

僕が説明すると、ようやく天道さんが……流石《さすが》に全ては納得していない風ながら、それでも場に戻って来てくれた。

僕はほっと胸を撫《な》で下ろすと、改めて、チアキに訊《たず》ねる。

「で？　実際、なんでチアキがこんなところに？　生息場所探し？」

「海藻《かいそう》としての本能とか無いですから！……じ、自分だってあまり来たくなかったですけど……でも、妹が『たまにはいいじゃない』と誘《さそ》ってきたので……」

「ああ、そういやなんかチアキと対照《たいしょう》的な妹さんいるって言ってたっけ」

僕が納得していると、今度は天道さんが質問する。

「？　でも、その妹さん、今はご一緒されていないようですが……」

「ですです！　そうなんです！　うちの妹ってば、自分と違《ちが》ってとっても可愛くて、ファッションにも凄くこだわる人なのですけど……だからこそ、今日も自分の方が大分早くレンタル水着決めて入ってきちゃって」

「ああ、なるほど、それで一人で心細そうにしているところを、男性に声をかけられてしまったのですか」

「は、はい、情けないところをお見せ致《いた》しました……」

しゅんと落ち込むチアキ。僕と天道さんは顔を見合わせ……その後、天道さんが彼女の肩《かた》に優しく手を置いた。

「でしたら、妹さんが来るまで、私と一緒に待ちましょうか、星ノ守さん」

「へ？　ええ!?　あ、あのあの、それは光栄ですけど、でもでも……」

わたわたと慌《あわ》て、僕をチラリと窺い見るチアキ。僕はぽりぽりと頬《ほお》を掻《か》いて、少し視線を逸《そ》らしながら呟《つぶや》く。

「まあ……別に急ぐ用もないから、数分ぐらい、僕は別にいいけど……」

「ケータ……」

瞳をうるうるさせながら見つめて来るチアキ。……なんだろうなぁ、どうにも僕、敵だ敵だと思っている割には、コイツの弱っている姿が酷《ひど》く苦手というか……。

「こほん！」

なんだかまた天道さんに咳払いされてしまった。

天道さんはニコニコと笑顔のまま……しかしどこか黒いオーラを身に纏《まと》わせながら、先を続けてくる。

「いえ、ここは、私だけで大丈夫《だいじょうぶ》です。雨野君は先に行ってて下さい」

「へ？　い、いや、僕とはいえ一応男が居た方がさっきみたいな無用なトラブルも……」

「大丈夫です。雨野君も一緒に星ノ守さんの『可愛い妹さん』を待つ必要はないです」

「い、いや、でも、結局は外で一人ぽつんと待ちぼうけ食うんなら僕もここで……」

「雨野君」

ギラリと怪《あや》しく煌《きら》めく天道さんの瞳《ひとみ》。気付けば僕はビシィッと敬礼してしまっていた。

「待機命令了解《りょうかい》致しました、上官！」

「うむ、よろしい！　行きたまえ、雨野……えっと、二等兵！」

「はい！　ご武運をお祈《いの》り致します、上官！」

僕は背筋をピンと伸《の》ばして、規則的な歩行で男子更衣《こうい》室へと去って行く。

そんな僕らに、チアキがどこか呆《あき》れた様子で呟いた。

「……こ、交際って、なんなんですかね？」

ごめんチアキ。その質問には、僕も天道さんも、まだまだ答えられそうにないんだ。

＊

「お待たせ致しました」

「いえいえ」

結局天道さんと合流したのは、僕が更衣を終えてプールエリアを出てから約十分後のことだった。僕は休憩《きゅうけい》所の椅子《いす》から立ち上がると、天道さんと二人、アーケードゲーム施設《しせつ》方面を目指す。

「むしろ、意外と早かったなと思ったぐらいです」

「ええ、実はあれから割とすぐに妹さんいらっしゃいまして。……本当ならもう少し星ノ守さんと二人でお話ししたかったんですけどね」

「？　どうしてチアキと？」

「？」

「だって同じゲーム好き仲間じゃないですか。そりゃ話したいですよ」

「……ゲームの話だったら、僕としたらいいと思いますよ」

　なんだか少し面白くないものを感じてそんなことを言ってしまうと、どうやらそれを敏《びん》感《かん》に察したらしい天道さんが、僕の表情を覗《のぞ》き込んでくすくすと笑ってきた。

「なんですか雨野君。もしかして、嫉妬《しっと》してくれているんですか？」

「べ、別に、そういうんじゃ……！　ただ、えーと、そう、チアキが嫌《きら》いなだけです」

「ふふっ、星ノ守さんと私の関係に雨野君が嫉妬してくれるだなんて、面白い」

「だ、だから、違いますって。そんな、嫉妬なんて……」

　わたわたと言い訳する僕と、柔《やわ》らかく笑う天道さん。……なんだか分からないけど、とりあえずチアキに二の腕《うで》を握《にぎ》られていた件は忘れてくれたよう——

「では、張り切ってアーケードゲームに向かいましょうか」

「ええ……って!?」

　——でもなかった。なぜか天道さん、僕の右側に回って、わざわざさっきチアキが摑《つか》んでいた二の腕に摑まってきた。身体的な接近は嬉《うれ》しい。心臓が高鳴ってもいる。けれどこれは……このドキドキは……。

「(なんか嬉しいだけのドキドキじゃないんですけど！　なにこれ！　怖《こわ》い！)」

また天道さんが何も言わずに、普《ふ》通《つう》に笑顔なのが、かえって怖い。なんだこれ。これに関しては嫉妬してくれて嬉しい……みたいな風に、イマイチ浮かれられない。ネトゲでミスしてパーティメンバーに優しく「どんまい」と言われている時と似た痛みだ。直接不満を言って貰えないのが、かえって辛《つら》い！　謝る機会さえ与《あた》えて貰えていない感じだ！

と、ともあれ、少なくとも表面的には天道さんはいつも通りの天道さんであり。僕側は多少の緊張《きんちょう》を孕《はら》んでいたものの、それなりに穏《おだ》やかな会話を交わしつつ、次の目的地へと向かった。

「わぁ、意外とちゃんとしてますね！」

アーケードゲームフロアに着いた途《と》端《たん》、嬉しそうに瞳を輝《かがや》かせて僕の腕から離れる天道さん。僕が正直寂《さび》しさより安堵《あんど》を覚えていると、彼女は笑顔で振《ふ》り返りながら提案してきた。

「さぁ雨野君、張り切って色々対戦しましょう！　ね！」

「………………そ、ソウデスネー」

来ました、僕のフルボッコターン。

とはいえ、今の僕には……というか、元々僕に拒否権《きよひ》はない。僕は天道さんに袖《そで》を引かれながら、多種多様な対戦ゲームをこなし、そして惨敗《ざんぱい》し尽《つ》くした。

格闘《かくとう》ゲームではパーフェクト負けを喫《きっ》し、音ゲーでは僕なんかがまるでついていけない難易度を選択《せんたく》され、それでもクイズゲームでは一緒に座って和気《わき》藹々《あいあい》と協力プレイで楽しめる——かと思いきや、殆《ほとん》ど全ての問題を天道さんが前のめりで解いてしまう始末。

そうして、せめて何かいいところをと気合いを入れて臨《のぞ》んだクレーンゲームでは……僕が無駄《むだ》に千円飲み込まれる中、天道さんがたった百円で意中の「げーまーウサギ」というモフモフぬいぐるみをゲット。

嬉しそうにぬいぐるみを抱《だ》きかかえる天使の如《ごと》き彼女の前で、一人、がくりと項垂《うなだ》れるへっぽこ青年という悲しい地獄《じごく》絵図が出来上がった。

天道さんが苦笑いしながら僕に声をかけてくる。

「ご、ごめんなさい雨野君。私ほら、おすまし優等生モードならともかく、ゲームとか関わっちゃうと手加減するとかいう発想が全くなくて……」

「天道さん、そのフォロー、余計にキツイッス」

「で、でもでも、このウサギさんはデートのいい思い出になりましたよ、うん！」

「僕とのデートで、しかし『自力で』取ったウサギさんですけどね……」

「あは……は……」

流石の天道さんもそれ以上のフォローの言葉を持たない様子で笑う。

と——そんな風にカノジョさんがバリバリ気を遣《つか》ってくれているにもかかわらず、突如《とつじょ》、そんなものをぶち壊《こわ》す程の節操無い笑い声が場に響《ひび》き渡《わた》った。

「ぎゃははははは！　だっせー！　ぽこにーちゃん、だっせー！」

「ぽこにーちゃん、ぼくよりへたー！」

「く……!?」

例の坊主《ぼうず》兄弟である。ちなみに全くもって解説とかしたくないが、どうやらこの「ぽこにーちゃん」とは「へっぽこにーちゃん」の略称《りやくしよう》のようである。僕の人生史上、最も屈辱《くつじよく》的なあだ名だ。

兄がショータで弟がソータというらしいこの兄弟は、アーケードゲームコーナーに来た時点で再会してしまっていた。で、それから今までずーっと僕と天道さんの対戦に張り付いては、僕の敗北をげらげら笑っているというわけだ。

あ、ちなみにご両親はといえば、僕らに謎《なぞ》の会釈《えしやく》をした後、しっかり脇《わき》の自販機《じはんき》コーナーで休憩中だ。いやいやいやいや、なんですっかり知り合いのお兄さんお姉さんに預かって貰《もら》うモードになってるんですか、貴方達《あなた》。今日の朝会ったばかりですけど、僕ら！

いつものように項垂れる僕の背中にぺしぺしと手を置いてきたショータが、僕に向かって嫌《いや》らしく微笑《ほほえ》んでくる。

「たしかにねーちゃんが超《ちょう》つえーけど、やっぱり、ぽこにーちゃんもヘタだよな？」

「ぐ⁉」

更《さら》には一回り小柄《こがら》な弟、ソータまで、僕の尻《しり》あたりを小さい手でぽんぽんやってきた。

「ねぇねぇ、さっきのぽこにーちゃんまちがったもんだい、ぼく、わかった」

「うぐ⁉」

先程プレイしたクイズゲームの話だろう。実は天道さんにいいとこ見せようと、僕が見切り発車で答えた子供用アニメ問題があったのだけれど……盛大に外してしまったのだ。

「やーいやーい」「やーいやーい」

「…………」

最早《もはや》、こうして坊主兄弟に両サイドから嘲《あざけ》られるのが当たり前みたいになっている僕。

……そんなしょーもなさすぎるカレシを前に、天道さんは苦笑を続けた後……なにやら、急に思いついた様子で切り出してきた。

「あ、そうだ、折角だから雨野君とショータ君で、一度対戦してみたら？」

「悪魔《あくま》ですか！」

何を言い出すんだうちのカノジョさんは！　そんなに初デート中のカレシを追い詰《つ》めて

どうしたいんだこの人は！

僕が愕然《がくぜん》とする中、そのショータ……坊主兄弟の兄が、「やるぅ！」と元気に手を上げる。弟もまた「やれぇ！」とはしゃいでいた。ついでに天道さんも「やろー！」と二人に笑顔で合わせている。……天使の皮を被《かぶ》った悪魔か！

僕は汗《あせ》をだくだく垂らしながらも、フッと前髪《まえがみ》を搔き上げて彼らに告げる。

「ま、まあ、小学生相手に本気出して勝負するのもあれですからね。ここは、皆《みな》で協力してわいわいクイズゲームあたりを――」

僕の発言を華麗《かれい》に無視して一つのゲーム筐体《きょうたい》を指差す天道さん。

「じゃあ、勝負はあの、マケオカートで！」

『わーい！』

「(あかん、このカノジョ、明確に着順つける気や)」

なぜかモノローグが関西弁になってしまう程に動揺《どうよう》する僕。な、なんなんだよこの人は！　ゲームに関してはどんだけシビアなんだよ！　ガチ勢やエンジョイ勢がどうこうってレベルじゃないよもう！　カレシと小学生をマジで競わせる人って何なの!?　もしかし

てチアキのことまだ少し怒《おこ》ってらっしゃるの⁉

「ほら、始めますよ、雨野君。準備して下さい」

「うぐ……」

天道さんに肘《ひじ》を持ち上げられ、マケオカートのシートまで連行される。

ショータは隣《となり》のシートで既《すで》にバッチリスタンバイ中。見れば休憩コーナーからご両親が申し訳無さそうに一礼しており、天道さんは笑顔でそれに応《こた》えていた。……いやいやいや、なぜその優しさを、一応はデート中のカレシたる僕には向けられないんでしょうか、天道さん。

とはいえ、勝負をここまでセッティングされてしまっては、逃《に》げられない。

僕は泣く泣く着席すると、キャラ選択を始めた。

扱《あつか》い易《やす》く平均的な能力のキャラ、ハンドリングの操作性が良いキャラ、最高速が低いもの の起《た》ちあがりがいいキャラ……様々な選択肢《し》があるが、中でも僕は……。

「……ぽこにーちゃん、へたなのにそういうのつかうから……」

「う、うるさいなぁ」

僕のシート裏からいつの間にかひょいっと覗き込んでいた弟の方——ソータが呆れた様子で呟《つぶや》く。……確かに、彼の指摘《してき》通り、僕の選んだキャラは重量級——スピードが出るもの操作が難しい、上級者向けキャラだった。

隣ではショータが普通にスタンダードなキャラを選択している。

コースは割と複雑に入り組んだ、コースアウトの危険もある上級者コースが選ばれた。

自信ありげにニィと不敵な笑みを向けてくるショータ。……こいつ、まさか、やり慣れているのか!? 対する僕はと言えば、家庭用のこのゲームにこそ弟と慣れ親しんでいるものの、アーケードのそれは一回二回やったことあったかなぐらいだ。

正直、腕に自信があるかと言われればNO。というか……そもそも、家庭用でも弱い。

ちらりと他の席を見る。本来は同じ店内で四人まで同時対戦出来るようだけれど、今は僕とショータの二人だけだった。……いよいよもって、言い訳のきかない状況《じょうきょう》。一応レースにはCPUキャラも出て来るものの、それはあくまで賑《にぎ》やかしだ。

コース紹介《しょうかい》デモが流れた後、スタート地点にカメラがやってくる。

スタートのタイミングを告げる点灯ランプが現れ、カウントダウンを開始する。

赤……赤……緑！

緑ランプの点灯とともに一斉《いっせい》に発車するカート達。右のショータはタイミング良くアクセルを踏《ふ》んでスタートダッシュを決めて飛び出して行く。対する僕はといえば……。

〈ボシュゥ、キュルキュルキュルキュル……〉

「…………」

見事にスタートダッシュを失敗、盛大なエンスト演出に見舞《みま》われていた。背後でソータがケラケラ笑う。……くぅ！

「ま、まあ、ハンデをね、うん」

「だっせー！」

ショータが笑いながら見事なハンドル捌《さば》きでCPUカートの群を抜《ぬ》け出して一位を独走する。……あれ、やばい、あいつ、マジで上手《うま》くない？

僕は焦《あせ》りながら大分遅《おく》れてスタートを切ると、コース上に設置された「アイテム」を回収した。このゲームにおけるアイテムは、所謂《いわゆる》下位勢の救済措置《そち》だ。敵を妨害《ぼうがい》したり自分を加速したりと、様々なメリットが得られるアイテムをランダムで獲得《かくとく》出来るのだが、下位であればあるほど強力なものが出やすい。つまりは分かりやすく逆転の一手。

現状トップたるショータは少し加速するだけのアイテム。対する僕はと言えば……。

「っしゃ、蹴散《けち》らせ蹴散らせぇ！」

巨大化《きょだい》してライバルカート達を弾《はじ》き飛ばしながら高速で加速してゆくアイテムだった。

ソータが呟く。

「あ、ずっこい」

「な、何をずるいことがあろうか。戦略だよ、戦略」

「せんりゃく、ずっこい。にーちゃんがんばれ！」

「おう、ソータ！　ぽこにーちゃんごときにゃ、まけねーぜ！」

「余裕《よゆう》ぶっていられるのも今のうちさぁ！」

　完全にアイテムのみの力で全十二キャラ中四位まで上がって来た僕は、アイテム効果が切れる中必死にピーキーなキャラの操作に努める。が……。

「……雨野君、やっぱりそのキャラ扱い切れないんじゃ……」

「う……！」

　壁《かべ》にガンガンぶつかる僕のキャラを見て、背後から天道さんが冷たい声を漏《も》らす。

　……正直に言おう。僕、普段《ふだん》こういうキャラ、全然使わない、ぬるいヤツです。普通《ふつう》に快適に走れるのがなにより一番いいと思っているタイプです。タイムアタック？　なにそれって感じの人です。ごめんなさい。

　じゃあなんで使ったのかという話だけど、まあ、正直見栄と慢心《まんしん》ですよね。小学生相手にはこれでいいだろうっていうアレですよね、ええ。救いようのないヤツです。

　当然ながら、壁にぶつかりまくっている隙《すき》にコンピューターにさえガンガン抜かれていく始末。が、下位に行けばいいアイテムが出て、それで巻き返すも、また抜かれ、下位に行き、アイテムで巻き返すを繰《く》り返す僕。

その間もずっと悠々《ゆうゆう》とトップを保っているショータが、余裕綽々《よゆうしゃくしゃく》でこちらの画面を見ながら声をかけてきた。

「あはは、ぽこにーちゃん、ちょーおもしれぇ」

「今面白さは要《い》らないんだけどね！」

そうこうしている間にも、もうラストたる三周目。ショータは一位で、僕は……アイテムのおかげで再びの四位。けれどまだまだ差は大きい。が……。

「ん、雨野君、意外と扱えるようになってる？」

「おかげさまで！」

ここに来てようやく、どうにか壁にバンバンぶつかる状況だけは避《さ》けられるようになってきた僕。そうなると最高速自体は速いキャラのため、ぐんぐん追い上げる。

そうして、団子状態の二位、三位が見えて来たあたりでアイテムを回収。それは……。

「う……」

「あ、ハズレだ！《ばくだんルーレット》だ！」

ソータが叫《さけ》ぶ。それは、このゲームで基本「はずれ」とされるようなアイテムだった。

効果は……ランダムでＣＰＵを除くプレイヤーキャラのどれかを爆発《ばくはつ》させるというものだ。

ただし——なんと九割の確率で自分が爆発する。

正直、メリットよりデメリットの方が遥《はる》かに大きいアイテム。だから「ハズレ」。拾ったら残念とされるお邪魔《じゃま》キャラみたいなアイテムだ。

僕はとりあえず使用を保留したまま、まずは団子状態の二位、三位を抜き去った。

ようやく二位につける。と、ショータのキャラの背が見えて来た。

「わわっ」

ショータが焦る。どうやら僕の状況を見て、若干《じゃっかん》プレイを疎《おろそ》かにしてしまっていたらしい。最高速に任せてぐんぐん迫《せま》る僕のキャラ。

「これ、案外分からないわよ……！」

背後で熱の籠《こも》った声を上げる天道さん。場面は既にゴール前直線だ。

ぐんぐん迫る僕のキャラ。ショータは僕のコースを邪魔する様にハンドルを切るも、それが却《かえ》って自身の減速に繋《つな》がり、逆に僕の追い上げを許してしまっている。

結果……。

「あ、やばいよ、にーちゃん！　けっこうギリギリだ！」

「わかってる！」

ソータの心配げな声に、ショータが応える。そう、このままいけば、僕にもワンチャンありそうな状況だった。

場の全員が息を呑《の》む、ゴール数メートル前。

僕はここで——ここぞとばかりに、《ばくだんルーレット》を使用した！

『え』

僕以外の全員が呆《ほう》ける。その、結果は——

〈ボンッ！〉

『あ』

——ある意味当然のように、僕の大爆発だった。最近主人公っぽい運命に恵《めぐ》まれていた僕だけれど、やはり補正とやらはないらしい。普通に、確率通りに、自爆《じばく》。結果——。

「っしゃあああああ！　ぽこにーちゃんのばーか！」

「やったね、にーちゃん！　ぽこにーちゃん、よわーい！」

ショータが一位。僕は……ゴール前でＣＰＵにガンガン抜かれて八位という、あまりに惨憺《さんたん》たる情けない結果に終わったのだった。

『…………』

＊

結局、例のレースゲームを最後に、大して会話らしい会話もなく《アラウンド1》を出た僕らは、現在、無料送迎《そうげい》バスに二人並んで着席していた。

『………』

ぐったりと俯《うつむ》く僕と、さっきから無言の天道さん。……地獄《じごく》みたいな空気だ。またどういうわけか、こういう時に限って、バスが空《す》いているおかげで、なんか並んで……しかも他の客もある程度間隔《かんかく》を空《あ》けているため、ホントに二人きりな感じで座れてしまったし。

『………』

ちらりと天道さんの様子を窺《うかが》う。彼女の膝《ひざ》の上に乗せられた《げーまーウサギ》が心なしか僕を睨《にら》みつけている気がした。……窓の方を見る。

まだ発車もしておらず、景色も何もないだろうに、天道さんはさっきから顔を窓側へ向けたままで表情が見えない。角度が悪いのか光で反射さえもしてくれない。……いたたまれない。窓の外に煌々《こうこう》と聳《そび》える《アラウンド1》の外観が物悲しい。

僕はもう、いっそ消えてしまいたい気分に苛《さいな》まれる。……なにをしているんだ僕は。今日一日……振《ふ》り返ってみれば、天道さんに「いい印象を持たれる場面」なんて何一つ思い当たらなかった。《アラウンド1》自体は楽しんでくれていたみたいであるものの、それは僕の功績でもなんでもない。《アラウンド1》が素晴らしかっただけだ。

「（大してプランもないのに、デートするなんて言い出したのが間違《まちが》いか……）」

僕は昔からこうだ。ゲームスタイルもそう。自分のプレイを見直したりするぐらいなら、大して深く考えもせず、愚直《ぐちょく》に再挑戦《ちょうせん》を重ねてしまう。成長力の無い原因だ。勿論《もちろん》その後に、徐々《じょじょ》に、じわじわっとプレイの中から成長はしていくのだけれど……それをデートにまで適応してはいけなかった気がする。

「（やっぱり、僕には荷が重いのか……）」

ふと、三角君の顔が浮《う》かぶ。ことゲームの対戦相手という意味では、やはり彼こそが天道さんの相手として適任だったのではないだろうか。最近僕は彼とちょくちょく遊ぶようになったけれど、やはり三角君の適応力たるや凄《すご》い。それこそ「主人公力」の塊《かたまり》だ。……天道さんと同じ側に属す者の、資質だ。

ゲームのスタイルに正解はないとは思う。けれど、やはり、相性《あいしょう》として合う、合わないはある。一部のゲームのネット対戦に「エンジョイ対戦」「ガチ対戦」という組分け機能が実装されてるのがいい証拠《しょうこ》だ。どっちが正解とかはない。けれど、どっちが好みかは、確実にあるはずで。

僕と天道さんは、それが、やっぱり違うのだろう。そしてその感性は、ゲームだけのことにとどまらない。だから、やはりどこかで決定的にズレてしまう。

「（……特にさっきのレースの、最後のアイテム使用かな……決定打は）」

きっとあれは……天道さん的には、許せない愚行《ぐこう》だったのだろう。ゲームを真剣《しんけん》にやっていないように見えたのだろう。……そう言われたら、僕だって何も返せない。

けれど……。

「…………？」

ふと気付くと、隣《となり》で天道さんがなにやら肩《かた》を小さくふるふると震《ふる》わせていた。

一体何事だろうか？　まさか、怒《いか》りに打ち震えているのだろうか？

僕は酷《ひど》く恐《おそ》ろしくなってきたものの、とはいえ、カノジョの震えに気付いておいて、怖《こわ》いからと何も声をかけないというのも如何《いかが》なものか。

僕はごくりと唾《つば》を飲み込んで覚悟《かくご》を決めると……天道さんの肩に手をかけ——

「……ぷっ、あははははははははははは！」

「!?」

——刹那《せつな》、突如《とつじょ》ぬいぐるみごとお腹を抱《かか》えて大きく笑い出す天道さん。同時に、バスのドアがプシュウと閉じ、発車のアナウンスが流れる。

バスが動き出して身体《からだ》が揺《ゆ》れる中、天道さんは苦しそうに身を捩《よじ》ってまだ笑っていた。

「ふふ、うふふふ……くふ、ふ、ふ」

「……えーと……天道さん？」

わけも分からず呆然《ぼうぜん》とする僕に、天道さんは人指し指で目尻《めじり》の涙《なみだ》を拭《ぬぐ》いながら応じて来る。

「ご、ごめんなさい、ちょっと待ってね雨野君。も、もう、収まると思うから」

「は、はぁ」

そう言ってからも結局十秒程天道さんは笑い続け、それから、「ふぅ」と一息ついて、ようやく僕を見てくれる。

……その表情に、僕の危惧《きぐ》した「怒り」のようなものは一切見られなかった。

キョトンとする僕に、天道さんは説明してくれる。

「いや、その、貴方《あなた》の負けっぷりがあまりに面白くて。で、でも、ほら、なんか空気的に笑っちゃいけない感あったから、必死に耐《た》えていたのだけれど……それで却って余計ツボに入っちゃって。ご、ごめんなさいね」

「い、いえ、それは別にいいんですけど……。……えっと、じゃあ、怒《おこ》っていたわけじゃ、ないんですか？」

僕の質問に、今度は天道さんが不思議そうに首を傾《かし》げる。

「私が怒って？　どうして？」

「い、いや、だって。天道さんから見たら……僕のプレイ、フラストレーション溜《た》まったんじゃないかなって……」

「え？　ああ……なるほど。そういうこと」

天道さんは何か得心した様子で微笑《ほほえ》むと、窓の外、田舎郊外《いなかこうがい》の闇《やみ》の中で輝《かがや》く《アラウンド1》をどこか優しげな眼差《まなざ》しで見つめつつ、答えてきた。

「確かに、今日一日、スポーツ含《ふく》めて雨野君、上手《うま》いプレイは何一つなかったわね。『勝負に真剣』とも、言い難《がた》かったかもしれない」

「す、すいません……」

恐縮《きょうしゅく》する僕。しかし天道さんは……とても穏《おだ》やかな表情で振り返ると、しっかりと僕の目を見て告げてくる。

「でも、ずっと『楽しみ、楽しませることに真剣』ではあったでしょ？」

「え？」

言われて、しかし、イマイチピンと来なかった僕は首を傾げる。天道さんはクスクスと笑って「やっぱり無自覚なのね」と呟《つぶや》いた。

「確かに雨野君は負けてばっかりだったわ。けれど……以前キミが言った通り、ちゃんと負ける度《たび》に悔《くや》しがってた」

「そ、そりゃ悔しいですからね。悔しいって言いますよ」

「そうね。でもそれって……案外普通《ふつう》のことじゃないのよ、雨野君。少なくとも私やゲーム部の面々なんかは、心の中で悔しいと思っても、表面の態度には殆《ほとん》ど出さないわ。代わりに、後から死ぬ程練習に打ち込んだりしちゃうけど」

「……えーと……」

こ、これは、「お前はホント子供だな」と言われているのだろうか。

実際僕は、昔から弟とばかりギャーギャー対戦しているから、どうにも勝負事の感想はすぐ口にしてしまうクセがついてしまっている。というのも、変に心に秘めて無言で勝負とかしてしまうと、必要以上に真剣になりすぎて、果ては兄弟喧嘩《きょうだいげんか》にまで発展してしまいがちなためだ。だったら、悔しいなら悔しい、ムカツクならムカツクとちゃんと口にした方が、後々の禍根《かこん》は少ないと……経験的に身についてしまっているところはあり。

しかしそれを天道さんの前でまでやってしまっているとは。恥《は》ずかしくてぽりぽり頭を搔《か》いていると、しかし、天道さんはまるで責める調子ではなく続けて来る。

「雨野君は自分のことを『ぬるい』って言うけれど、でも、私は雨野君のそういうのって、『ぬるい』ことに真剣なようにも見えるっていうのかしらね」

「う、うーん、そ、そこまで大層なこと考えてはいないんですけど……実際小学生相手にガチで挑《いど》んで負けているわけですし……」

「ええ、そうね、情けないわね」

「ぐ……」

「でも、そういうところが、私は、雨野君凄いなって、思うの」

「ごめんなさい、なにを誉《ほ》められているのか全然分からないんですが！」

「そう？　たとえば……そう、例のショータ君とソータ君。今日、もし私がゲーム部の人達と一緒《いっしょ》にここに遊びに来てたら、最終的にこうしてあの兄弟と仲良く一緒に遊べるような事態には、絶対ならなかったと思うのよね」

「す、すいません、僕がへっぽこなばかりに、デートへ闖入《ちんにゅう》者を許して……」

「いえ、だから、そこが、雨野君の凄いところだと私は思うのよね」

「……………ごめんなさい、本気で評価ポイントが分からないんですけど……」

「そう、それが全然分からないところもまた、雨野君の凄いところなのよ」

「すいません、僕みたいな凡人《ぼんじん》がそこまで意味不明に誉められると、最早《もはや》気味悪さしか残らないのですけど」

テキトーに書いた作文がコンクールで賞とか取っちゃうみたいな状況《じょうきょう》だ。現代社会への問題提起がどーたらこーたら評価されているのはいいけど、自分はそんなことをテーマに書いた覚えは一ミリもない、みたいな。

　僕が本気で戸惑《とまど》っている様子を見て、天道さんは自らの唇《くちびる》に指先を当てて「んー」となにやら可愛らしく思考すると……何か思い当たった様子で、続けて来る。

「ショータ君とのレースの最後の場面。あそこで貴方がアイテムを使ったのは、『勝つため』じゃなかったわ。ただ勝ちたいなら、あのままマシンパワーで抜《ぬ》き去れば良かった」

「え？　あ、す、すいません、勝負に真剣じゃなくて――」

　僕は咄嗟《とっさ》に謝ろうとするも、天道さんはそれを手で制し……そして、瞳《ひとみ》に理知的な光を宿らせながら、答え合わせをするかのように告げて来た。

「『どっちに転んでも、あの二人にとっては確実に面白くなるから』――それが、あの場面での貴方のアイテム使用理由よ。そうなのでしょう？　雨野君」

「…………」

「ショータ君が爆発《ばくはつ》しても、今回みたいに貴方が爆発しても。どっちにしろ――子供達は、あのまま普通に淡々《たんたん》と勝負が決まるより盛り上がったでしょうね」

「……えーと……」

　その図星な指摘《してき》に、僕は頰《ほお》を掻いて視線を逸《そ》らす。……やばい、自分のカノジョのゲームスタンスを知りながら、それでも子供っぽい盛り上がりのためだけに馬鹿《ばか》なことして勝ちを逃《のが》したのバレてる。

天道さんのどこか呆《あき》れを含んだ声が痛烈《つうれつ》に僕の耳朶《じだ》へと響《ひび》く。

「……まったく。私のゲーム部への誘《さそ》いを断わった時から、ホント、全然変わらないのね、キミは……」

「う!? す、すいません、あの、天道さんのゲームスタンスに無駄《むだ》に反発する意図とかは一切なくですね……」

「ええ、知ってるわ。貴方は決して無駄に勝ちを逃したんじゃない。ただ『私の前で格好つける』ことより『あの二人を楽しませる』ことを優先しただけなのでしょ?」

「ぐぅ!? あ、あわ、えと、その、け、決して天道さんを疎《おろそ》かにする意図は……」

やばい、振《ふ》り向けない。こ、これはもう、彼女、相当鬼気迫《ききせま》る表情でいらっしゃるに違《ちが》いな——

「……貴方のそういうとこ、好きよ、私」

「へ!?」

——何か今とんでもない発言を聞いた気がして、ぶんと振り向く。と……今度はなぜか、天道さんが窓側に視線をやってしまっていた。真っ暗な田園風景の中に建つ小さな民家から漏《も》れる灯《あか》りが外を流れていく。

……僕は、天道さんと密着して座っているにもかかわらず……なんだか不思議と穏やかな気分になり、窓の外を見たままの彼女に語りかけた。

「僕も、天道さんの、僕に全然容赦《ようしゃ》してくれないところ……凄《すご》いと思います」

「なにそれ、全然誉められている気しないのだけれど」

「いえ、本当に。よく考えたら……天道さんが手を抜いて僕に勝たせてくれたりしたら、それこそ、僕は今日、本気で悔しがることさえ出来なかった。きっと天道さんはそれが分かっていたんですよね？　やっぱり凄いですよ、天道さんは」

「……私は、不器用に真剣《しんけん》勝負しか出来ないだけですよ」

「知ってます。でも僕は、天道さんのそういうところこそが、好きですよ」

「……！」

びくぅっと震える天道さんの肩。……流石《さすが》の僕も、これは「あ、照れてるんだな」と分かった。

なんだかくすぐったい……だけど満ち足りた沈黙《ちんもく》の時間が流れる。

僕はしばらく時間を置いた後、そっと雑談を持ちかけた。

「……ところで天道さん、この前出たファイヤー・タクティクスやってます？」

「あ。ええっ、勿論《もちろん》よ！　そうそう、その話したかったのよね！　雨野君は結構進んでいるのかしら？」

顔をキラキラさせて振り返る天道さん。それに胸を張って答える僕。

「今第九章です」

「く、負けてるわ。私は第七章よ。ゲーム部や鍛錬《たんれん》に時間割《さ》いていると、こういう部分で後《おく》れを取るのよね……」

「あ、そういえば知ってました？　第六章でフラグ立てとかないと、第十二章であるアイテムが手に入らないらしいですよ」

「え、そうなの⁉　ああ、もう、やり直さないと……」

「やり直すんですか⁉　大したアイテムじゃないらしいですし、僕はもういいかなと思って進めてますけど」

「ふ、まったく、雨野君はそういうところが甘いのよ。これだからぬるい人は駄目《だめ》ね」

「む、お言葉ですが、天道さんはそういう感じだから中々進まないのでは？」

「く、言うじゃない。でもこういうところで時間をかけてこそ――」

「いえいえ大事なのはそこじゃ――」

……静かな車内風景。遊び疲《つか》れた身体《からだ》。宵闇迫《よいやみせま》る田舎町の中をゆったりと走るバス。

ふと、彼女との会話が僅《わず》かに途切《とぎ》れたタイミングで、僕は思わずぽつりと漏らした。

「………お見それ致《いた》しました。上原師匠《ししょう》の言う通りでございました」

「？　なに、雨野君」

「なんでもないです。あ、それと、第十章でのレベル上げなんですけどね……」

そうして、引き続きゲーム話を天道さんと続けながら……僕は、頭の隅《すみ》で、デート前に聞いた上原君の発言を噛《か》み締《し》めていたのだった。

「結局は、好きな人と二人で仲良く喋《しゃべ》るだけの時間が、なにより幸せなもんなのさ」

【星《ほし》ノ守《もり》千秋《ちあき》とブラッシュアップ】

王国暦七七五年。ゴルゴン大陸の覇権《はけん》を争うベルフラウ共和国とバルディッシュ帝国《ていこく》の永きに亘《わた》る戦争に、仮初《かりそ》めの休戦協定が結ばれたこの年。

後に世界へ変革をもたらす男は、帝国帰還兵《きかんへい》の暴力が横行する掃《は》き溜《だ》めの如《ごと》きスラム街の一画で、やつれた娼婦《しょうふ》の股《また》ぐらから生を受けた。


その者、名を――《美味《おい》しいぼたもち、もぐもぐ食べるのすけ》という――


『いやちょっと待とうか』

僕と上原《うえはら》君が声を合わせてツッコミを入れると、プリントから目を上げたワカメ髪《がみ》女、星ノ守千秋が「ほぇ？」と間の抜けた声を漏《も》らす。

「あのあの、まだ自分の新作構想、プロローグ段階ですけど、何か……」

「うん、何か、じゃないよね。明らかに何か、あったよね？」

僕が怒鳴《どな》りたい衝動《しょうどう》を抑《おさ》えながら本人に自省を促《うなが》すも、チアキはもう一度「ほぇ？」と首を傾《かし》げ、数秒間プリントをふむふむと読み直して、ハッと何やら気付いた様子をみせる。

僕と上原君が『(そうか、これぐらいは自分でもおかしいと気付くか。良かった)』と胸を撫《な》で下ろす中、チアキは素直に僕らへと頭を下げた。

「そそっ、そうですよね！　王国暦は七六五年とかにした方がゲーマーとしてはニヤッと出来ますよね！」

『そこじゃねえよ！』

僕と上原君が全力でツッコミを入れるも……当の奇才《きさい》本人は、「ほえ？」と相変わらず首を傾げていらっしゃった。

男二人、顔を見合わせて盛大に溜息《ためいき》を吐《つ》く。

ある平日の放課後。今日も今日とて教室の片隅《かたすみ》で三人きりのゲーム同好会（という名の駄弁《だべ》り会）を始めたまでは良かったものの……今回は少しばかり珍《めずら》しい展開になった。

それというのも、同好会開始早々、フリーゲーム制作者のチアキが……。

「あ、あのあのっ、もしよろしければ、自分の次の新作構想、聞いてみて欲しいんですけどっ！　上原さんと……ま、まあ仕方ないからついでにケータも！」

などと切り出してきたのだ。

まあ正直、いつもゲーム同好会の活動は僕とチアキが不毛なゲーム論争を交わして終わるだけだから、議題を持ち込んで貰《もら》うこと自体はありがたいのだけれど、問題は……。

『(こいつの創作感性、一般人《いっぱん》が理解出来ない領域にあるんだよなぁ)』

と、僕と上原君は身に染みてしまっていることであり。

いや、僕は実際彼女の作ったフリーゲームタイトルを教えて貰ったこともなければ、きっと恐《おそ》らくはプレイしたこともないのだけれど、ただ、同好会の最中に度々《たびたび》、チアキの口から新作構想の一部が漏れることはあり。

それらが毎回僕や上原君には理解出来ない類《たぐい》のぶっとんだ発想なもんだから、僕らとしては、彼女の創作相談に乗るというのはかなりハードルが高かったりするわけだ。

「(だって、クリエイターの感性にどこまで口出しするかって、凄《すご》く微妙《びみょう》だもんなぁ)」

僕は普段《ふだん》からチアキにズバズバ物を言うし喧嘩《けんか》も絶えないけれど、それでも、作り手としての彼女の感性に無粋《ぶすい》なツッコミを入れるのには多少慎重《しんちょう》にもなっていたりする。ゲームに限らず、世の中の大体の創作物ってそうでしょう？　僕から見たら子供の描《か》き殴《なぐ》った雑な絵にしか見えなくても、実際は数億円単位の値がつく超《ちょう》名作絵画《かいが》だったりすることなんて、ザラなわけで。

そういう希有《けう》な才能を、僕みたいな凡人《ぼんじん》の常識的な感性からくるツッコミで潰《つぶ》すのは非常に怖《こわ》い。その相手がたとえ天敵のチアキであろうと、だ。

とはいえ、今回の新作構想に関しては、チアキは「万人《ばんにん》に受ける努力もしていきたい」らしく、気になる点があったらバシバシ指摘《してき》して欲しいとのことらしい。

まあチアキがそこまで言うなら、少なくともいつもみたいなぶっとび発想ではないのだろうと、僕らは安心してその構想を聞き始め、実際、序盤《じょばん》は重厚なファンタジーの始まる予感に胸を高鳴らせてさえいたのだけれど……。

蓋《ふた》を開けてみれば、開始数秒でこれだ。

まるで僕らのツッコミが理解出来ていない様子の彼女に、上原君が机を強く叩《たた》きながら怒鳴る。

「星ノ守！　お前、ホントに万人向けにする気あんのかよこれ！」

「あ、ありますよ！　当然じゃないですか！　だからこそ、こんなに重厚なファンタジー世界観を緻密《ちみつ》に設定したんじゃないですか！」

「なにが緻密だ！　いきなりぶっ壊《こわ》れてるじゃねえか！　なんだよ、主人公の名前！　おはぎ食うのすけとかって！」

「違いますよ上原さん。《美味しいぼたもち、もぐもぐ食べるのすけ》です」

「どっちでもいいわ！　とにかく、いきなり世界観が変わってんじゃねえかよ！」

「え？　で、でも、その前の段階で、ちゃんと繋《つな》ぎの一言入れてますよね？」

「ああんっ！　どれがだよ！」

おどおどとはしながらも、珍しく上原君に反論の構えを見せるチアキ。彼女はその身を縮こまらせながらも……それでも、譲《ゆず》れないものを主張するかのように、「で、ですから……」と続けた。


「ぷ、プロローグで語りましたよ？　彼は、『世界へ変革をもたらす男』だって」


『そのネーミングで世界観を変革する男だったの⁉』

意外な真実に愕然《がくぜん》とする僕ら。チアキがこくこくと一生懸命《いっしょうけんめい》頷《うなず》いて続ける。

「こ、ここで彼につけられた意外な名前。それを役所が受理するのかしないのか……名前の自由とは何か……帝国のお役所仕事体質や名前に纏《まつ》わる現行制度は変わるのか！　それがこのゲームのテーマの一つです！」

『え、共和国との戦争問題は⁉　大陸の覇権の行く末とかは⁉』

「え、それは緻密な世界設定の……バックボーンの一部にすぎませんが、何か？」

僕と上原君は思わず頭を抱《かか》える。これだ……これだから独創性に溢《あふ》れたクリエイターってやつは困る。僕ら凡人が何を指摘しろと言うのだ。こうなったら些末《さまつ》なツッコミがまるで意味をなさないじゃないか。だって、なんか本人の中で完成されてんだもん。僕らがどうこう言える段階の話じゃないんだもの、これ。

僕らの反応を恐る恐る窺《うかが》いながら、チアキが「つ、続けてよろしいですか？」と訊《たず》ねて来る。僕らが無言でテキトーに頷《うなず》くと、チアキは一度咳払《せきばら》いして仕切り直した。

「では、改めて。このプロローグの後、ゲーム本編が始まるわけですが、基本的なゲームシステムはRPGです」

「あれ、意外。役所の制度を変える云々《うんぬん》言っているから、僕はてっきりシミュレーションとかアドベンチャーの類なのかと……」

「いえ、違《ちが》います。えーと、《美味しいぼたもち、もぐもぐ食べるのすけ》……略して《ぼたのすけ》が、市役所の職員を一人また一人と闇討《やみう》ちしていくゲームです」

「名前に反して意外とやり口えげつないな、ぼたのすけ」

「この際、倒《たお》す職員の性質によってお役所の制度が変わっていきます」

チアキの説明に、上原君が「なるほど」と頷く。

「名前に関する現行制度維持《いじ》派を倒せば改革に、現行制度改革派を倒せば維持に傾《かたむ》くっていう寸法か」

「いえいえ、違います」

『は？』

上原君の極《きわ》めて妥当《だとう》な相槌《あいづち》を、なぜかあっさりと斬《き》り捨てるチアキ。僕らがぽかんとしていると、彼女は淡々《たんたん》と説明を続けてきた。

「あんこ嫌《ぎら》いの職員の口にぼたもちを大量に詰《つ》め込んで殺すなど、職員の性質に合わせた残酷《ざんこく》な殺害手法を取ることで、帝国内の量刑《りょうけい》基準に一石を投じます」

『変な名前の件は⁉』

再び変わったゲームの目的に動揺《どうよう》を隠《かく》せない僕ら。しかしチアキは僕らが何にツッコミを入れているのかよく分からないらしく、ぽわんとしたまま返してきた。

「名前の件、とは？」

「とは、じゃねぇよ星ノ守！　その変な名前を受理させる目的とかはどこ行ったんだよ！　いつの間にやら完全に猟奇殺人鬼《りょうきさつじんき》じゃねぇかよぼたのすけ！」

「何を言っているんですか上原さん。いつの間にやらも何も、最初からぼたのすけは猟奇殺人鬼設定ですよ？」

「おうおう！　星ノ守さんよぉ！　お前さんよくもまあその設定で『広く一般向けに調整していきたい』なんて願望をほざいたもんだなぁ、おい！」

「で、ですからこうして、上原さんとおまけのチビに相談しているのです。どうしたら、この作品が一般に広くウケるようになるのかと……」

『根本から見直せや！』

僕と上原君は二人、全力で叫《さけ》ぶ。が、チアキはそれをなぜかジョークと受け取ったらしく、「あはは、またまたぁ」などとズレたリアクションを取っていた。……こいつ、ある意味僕以上にぼっちこじらせてやがる……！　空気読まない力がハンパない！

しかも、チアキときたらそのまま「じゃ、続けますよ？」などとのたまう始末。僕と上原君としては既《すで》に言いたい事が一〇〇個以上あったものの、チアキの作るゲームにいちいち細かいツッコミを入れていたらキリがないのも事実。

というわけで、僕らは二人顔を見合わせると、頷き合い、ぐっとツッコミを飲み込んで彼女の話に耳を傾けた。

僕らの悲壮《ひそう》な決意などつゆとも知らない様子で、チアキが滔々《とうとう》と語る。

「次に成長要素の詳細《しょうさい》ですが、ここもオーソドックスなRPGです。職員を殺すと、現金を奪《うば》える上に殺人技能も向上します」

「うん、チアキはオーソドックスという言葉の意味をちゃんと理解しているかな？」

「うっさいですねケータは。要はゴールドと経験値が貰えるってことです」

「じゃあ最初からその表現でいいんじゃないかなぁ！」

「でもでも、通貨単位等がオリジナリティあるゲームは、個人的にいいゲームなんです」

「主張自体は分からないじゃないけどさ……。ちなみに、このゲームの通貨単位って？」

「よくぞ聞いてくれましたケータ。それはですね……」

ニヤリと微笑《ほほえ》むチアキを見て、僕と上原君は「来るな」と予感する。これはあれだ。絶対僕達が激しくツッコむタイプの答えが来る。あえて予想しておくなら、主人公の名前や殺害方法に含《ふく》まれる《ぼたもち》にかけて、あんこの材料たる——。

「《グリーンピース》です！」

『そこは《小豆《あずき》》で良くね⁉』

なぜか一回捻《ひね》られていた通貨単位に驚愕《きょうがく》する僕と上原君。

「なんで、ぼたもちがどうこうと主人公の名前に入っていながら、通貨単位が小豆じゃないんだよ！　い、いや、たとえ小豆じゃないにしても、他の豆を持って来ているあたりが、何か悪質！　チアキ、分かっていてやってんだろう！　素直に小豆にしようよ！」

「は、はぁ、小豆、ですかぁ……」

そう呟《つぶや》いてチアキはなぜか少し僕らを小馬鹿《こばか》にした様子で見つめながら告げる。

「でも通貨単位が漢字で《小豆》とか……世界観が壊れちゃいますよ？」

『今更《いまさら》それを言う⁉』

「その点、グリーンピースは《ＧＰ》と格好良く略すことも出来て、最高です」

『……………あ、そう』

えへんと胸を張るチアキを見て、僕と上原君はもうツッコむ気力もなくす。

そんな状況《じようきよう》をチアキはどうやら「二人を論破した！」とでも判断したらしく、なぜか更《さら》に自信を漲《みなぎ》らせてシステム解説を再開させた。

「次に肝心《かんじん》の戦闘《せんとう》システムですが、これもオーソドックスなターン制です」

チアキの言う『オーソドックス』の信頼《しんらい》性たるや今やゼロと言っても過言ではないけれど、それでも、ターン制戦闘に奇抜《きばつ》な工夫の余地はそれほど多くないだろうと、僕も上原君もふむふむとそこは流して――

「凶器《きようき》を持った主人公が夜道で背後から奇襲《きしゆう》を仕掛《しか》け、一方的な暴力で終わる《エンドレス・マイ・ターン・システム》……略してＥＭＴＳを搭載《とうさい》予定です」

『搭載するな』

僕と上原君が同時にツッコむ。星ノ守は「ほえ？」とまた首を傾《かし》げる。

「これ、凄く楽で無双《むそう》感のある戦闘システムなんですけど……」

「楽にしすぎて最早《もはや》『戦闘』じゃなく、ただの『殺人』に成り下がってんぞ！」

上原君の激しいツッコミ。しかしチアキも意外とめげない。

「でもでも、戦闘力の低い一般人を武器持ったキャラが闇討ちする時点で、相手にターンが回る余地とか……ねぇ？」

「え、なにその、『常識的に考えろよお前ら』的な上から目線！　知らねぇよ！　なんでそこだけリアリティ追求したんだよ！　ゲームとしての面白さ追求しろよ！」

「え、リアリティを排《はい》していいなら……自分、敵職員のグラフィック、肉塊《にっかい》に大量の目玉と触手《しょくしゅ》が生えたカタチとかにしちゃいますけど……」

「なんでだよ！　お前にとってのリアリティってSAN値と同義か何かなわけ⁉　もう少しいい塩梅《あんばい》で世界観を緩《ゆる》めろって言ってんの！」

「なるほどです。じゃあ互《たが》いの主張の中間地点をとって、ちゃんと相手にもターンが回るようにして……その理由として、市役所職員は全員、なぜかうなじにも眼球がついているから不意打ちが難しいという設定にしましょう」

「なんか余計SAN値下がるわ！　宇宙的恐怖《きょうふ》が日常に入り込んでいる感パネェわ！　い、いいじゃねーかよ、ゲームなんだから、普通《ふつう》に戦闘してもよぉ！」

と、上原君がそこまでツッコんだところで、僕は目をキラリと光らせて会話に割り込む。

「ちょっと待ちなよ上原君。ゲームなんだから、という最終兵器のロジックはそうそう簡単に持ち出すべきじゃないと、僕は思うよ」

「は？　おいちょっと雨野《あまの》、お前誰《だれ》の味方を……」

「ですです、ケータの言う通りです上原さん。薬草で即座《そくざ》に怪我《けが》が治ることにも、多少の理由付けがあった方が、人は盛り上がれるじゃないですか」

「え、いや、別に俺はそんなの気にしたことも……」

「いやいや、上原君にもあると思うよ、経験。ほら、蘇生《そせい》アイテムのある世界観において、ストーリー上の演出で登場人物が死んだ際とかさ、ちょっと思わない？　『いやいや、とりあえず蘇生アイテム試せよお前ら』とかって」

「ぐ……た、確かに、無いとは言い切れない！」

『でしょう？』

声を合わせてドヤ顔で決める僕とチアキ。そんな僕らに、上原君はしばし気圧《けお》されるも……しかし数秒後、耐《た》えきれない様子で叫んだ。

「オタクうぜぇえええええええええええええええええええええええええ！」

『酷《ひど》い！』

心外すぎて叫ぶ僕とチアキ。そのまま三人でわちゃわちゃと軽い口論状態に陥《おちい》り、数分。

『…………ふぅ』

流石《さすが》に疲弊《ひへい》し、そして「そもそもなんの喧嘩《けんか》だったっけ」となったあたりで落ち着いた僕らは、気を取り直し、チアキの新作構想へと話を戻《もど》すことにした。

再びプリントを手にしたチアキが、こほんと咳払いして話を再開させる。

「それで、序盤《じょばん》以降の物語の大まかな展開なのですが……」

「ああ、そういや聞いてなかったな。最終的にどうなんだよ、ぽたのすけ」

上原君の質問に、チアキは「よくぞ聞いてくれました」と胸を張る。

「既に片鱗《へんりん》は感じて貰《もら》っていると思うのですが、この物語の売りは、緻密《ちみつ》な世界観でダークに始まるも、重くなるばかりではなく、絶えず二転三転する展開です」

「プロローグ段階からして既に何転かしているものね……」

僕としては呆《あき》れ含みで告げたのだけれど、チアキは「その通り!」とまたもポジティブに受け取った様子で話を続けてきた。

「なのでなので、物語は凄《すさ》まじくダイナミックに動き続けるわけで、最早簡単にあらましを語るのも困難なのです。折角多大な興味を持って頂いているのに、申し訳ないです」

『いやいや』

気にするなよ、というテンションで僕と上原君は応じるものの……ぶっちゃけ、最初からこのSAN値が下がりそうな物語の詳細を聞こうとは思ってない。

僕らが聞いておきたいのは、あくまで着地点だけだ。それさえ聞けば、このゲームのなんとなくの全体像は摑《つか》めるだろう。まあ、とはいえ……。

『（どうせ、なんか妙《みょう》なところに着地するんだろうなぁ、ぽたのすけ）』

僕と上原君はぼんやりとそんな予想をして構える。正直、チアキの超《ちょう》展開グセには既に多少慣れてきていた。なんでだろうと考えると、そういや、僕はどこかでこんな作風のゲームを結構プレイしたことがあるような気が……。

「一応、エンディングだけお伝えしておくとですね」

と、チアキの説明が始まったので、僕は記憶《きおく》の追求をやめて現実に意識を戻す。

僕と上原君がそれぞれに「ぽたのすけの珍奇《ちんき》な行く末」を想定しながら、生温かく見守る中。

チアキは……満《まん》を持《じ》して、このゲームのエンディング構想を告げた。

「長い戦いの末、遂《つい》に銀河連邦《れんぽう》が侵略邪神《しんりゃくじゃしん》ヴォルテックスに勝利します」

『ぽたのすけは⁉』

あまりに意外すぎたエンディングに、音吹《おとぶき》高校全域に響《ひび》くんじゃないかって程の叫び声を上げる僕と上原君。

しかしチアキは相も変わらず「ほぇ？」と小首を傾げていた。

「ぼたの……すけ？」

「なんで初めて聞いた名前みたいなリアクションなんだよ！　チアキ！　いくらなんでもおかしいでしょう、そのエンディング！　大幅《おおはば》に予想を超《こ》えてきてびっくりだよ！」

「でしょう！」

むんと鼻息荒《あら》く胸を張るチアキ。今度は上原君が「いやいやいや！」とツッコむ。

「雨野は全く誉《ほ》めてねぇし！　っつーかいつの間にぼたのすけ、銀河連邦とやらに入ったんだよ!?」

「何言っているんですか上原さん。そんな変な名前の人、銀河連邦にはいませんよ？」

「お前こそ何言ってんの!?　じゃあ、ぼたのすけ何処《どこ》行ったんだよ!?」

「ぼた……の、す、け？」

「だからなんでお前、自分で設定した主人公の略称《りゃくしょう》を、記憶喪失《きおくそうしつ》系ヒロインばりに忘れてんだよ！　何秒間フレンズだ！　なんかの呪《のろ》いでもかかってんの!?」

「……あ、ああ！　そうでしたそうでした！　なんの話かと思ったら、いましたね、ぼたのすけ！　ゲーム全体のシナリオから見たら序盤も序盤、進行度一パーセント未満の段階で退場するキャラの名前を突然《とつぜん》言われたので、作者たる私でも戸惑《とまど》いましたよ」

『ぼたのすけ、早々に退場するの⁉』

意外すぎる事実に、愕然《がくぜん》とする僕と上原君。チアキはにこにこと続けてきた。

「はい、勿論《もちろん》。っていうか、なんですか、ぼたのすけって。今思うと、変な名前ですね。くすくす。テキトーにつけすぎましたね」

『ぼたのすけに謝れ！』

「ふぇ⁉」

僕と上原君の激しいテンションにまるでついてこれない様子のチアキ。ぼ、僕らだって、自分が何に怒《おこ》っているのか分からない。だけど、ぼたのすけがあまりに不憫《ふびん》で不憫で……

気付けば僕らは、軽く泣きながら彼の地位向上を訴《うった》えていた。

「チアキ！　ぼたのすけをそんなにぞんざいに扱《あつか》わないでよ！　お願いだから！」

「星ノ守！　俺からも頼《たの》む！　ぼたのすけを……《美味《お》しいぼたもち、もぐもぐ食べるのすけ》を、男にしてやってくれぇ！」

「な、なんですか二人とも！　そんな、一瞬《いっしゅん》しか出て来ない村人レベルのキャラに思い入れて！　気持ち悪いです！」

『ぼたのすけに、もっと光を！』

「なんなんですか！　二人とも、まともにアドバイスする気あるのですか！」

『お前こそ、まともにゲーム作る気あんのかっ！』

そうして、またも場はわっちゃわっちゃの喧嘩に突入《とつにゅう》する。……おかしいな、この同好会って、近隣《きんりん》高校の生徒会で代々行われているボケ倒《たお》しの楽しい会合を目標としているはずだし、実際ボケ倒しではあるのだけれど……なんか違《ちが》う気がする。こういう殺伐《さつばつ》としたやつじゃ、ない気がする。いや、碧陽《へきよう》学園のこと、僕はよく知らないけどさ。

僕らはそのまま《ぼたのすけ論争》をしばし繰《く》り広げるも。

再びどっぷりと疲弊してしまい、そうして喧嘩する程の情熱も薄《うす》れたところで、ふと上原君が教室入り口方面に目をやりつつ声をあげた。

「あっ、おいっ、天道《てんどう》！」

『へ？』

彼の視線を追って僕とチアキも教室入り口を見やる。するとそこには……なぜか少し慌《あわ》てた様子で戸の陰《かげ》から出て来る金髪《きんぱつ》美少女の姿があった。

彼女——頂点生徒・天道花憐《かれん》はサラリと髪《かみ》を掻《か》き上げ、ふふんと胸を張る。

「こんにちは。……たまたま通り掛《か》かってちょっと様子を窺《うかが》っていただけです」

こちらが何も言っていないのに、なぜか自分から状況を説明してくれる天道さん。

なぜか上原君はそんな彼女の反応にニヤニヤした後、「あ、そうだ」と何かいいことを思いついた様子で天道さんを手招きした。

「私、まだゲーム部活動の途中《とちゅう》なのですけれど……」

そんなことを言いながらも、なぜか素直に入室してくる天道さん。彼女が僕達の傍《そば》まで来ると、上原君は突然チアキから新作構想をメモったプリントをひょいと奪《うば》い取り、天道さんに差し出す。

チアキが「ちょ、ちょっと上原さん！」と恥《は》ずかしがるのにも構わず、上原君は続けた。

「ちょっとそれ読んで、意見くれよ。星ノ守の新作ゲーム構想なんだ」

「星ノ守さんの？」

天道さんがチアキに視線をやる。と、恥ずかしそうに俯《うつむ》きながらも、こくり、と頷《うなず》くチアキ。そんな彼女に、天道さんは優しく微笑《ほほえ》みながら声をかけた。

「それは素晴らしいですね。是非《ぜひ》意見してさしあげたいところですが……私、ゲームを作る側ではありませんので、お役に立てるかどうか……」

流石天道さん、大人な対応だ。彼女のそんな優しさに勇気づけられた様子のチアキが、こくこくと激しく頷きながら、必死で彼女に返す。

「お、おお、お願いしますです！　じ、自分、天道さんみたいな、ちゃんとした人の意見こそ、聞きたかったのです！」

『おい』

僕らのツッコミを他所《よそ》に、天道さんはチアキへと笑顔で返す。

「ふふ、ありがとう。では、早速《さっそく》読ませて頂くわね」

そう前置きし、立ったままプリントに目を落とす天道さん。そうして、チアキがどこかわくわくとした様子で見守る中、天道さんは……。

『（ああ、読み進めれば進めるほど、どんどん困り顔に……！）』

一応チアキの手前か、表情に見事な作り笑顔を張り付かせているものの……実際僕らから見れば、その感想は一目瞭然《いちもくりょうぜん》。しかし彼女はやはり僕らと違って大人。中盤《ちゅうばん》まで読み進めたあたりで、あくまでマイルドに……チアキに探りを入れてきた。

「ほ、星ノ守さん？　あの、これは……エイプリルフール用のネタとかではな……」

「ないです！　本気のやつです！　自分っ、力入れて開発する所存です！」

「あ、ああ、そう、そうなの……」

「ですのでっ、一般《いっぱん》にも広くヒットさせたく、天道さんの意見を頂きたい次第です！」

「そ、そう……」

困った様子で引き下がる天道さんを見て、僕と上原君は段々いたたまれなくなってくる。

よく考えたら……これ、かなり可哀想《かわいそう》だ。そこまで親しくもない間柄《あいだがら》の人間の、凄《すご》く微妙《びみょう》な作品の感想を求められる状況《じょうきょう》って……酷《こく》にも程がある！

どうやらそこまでは考えていなかったらしい上原君の表情が申し訳無さそうに歪《ゆが》む中。

最後までどうにかこうにか新作構想を読み切った天道さんは……わくわくと感想を――恐《おそ》らくは好評を望んでやまない様子のチアキを見つめ返し、ニコリと笑んだ。

「大変興味深く読ませて頂きました。独創性に溢《あふ》れた素晴らしい作品ですね。……この調子で、更《さら》にブラッシュアップを重ねた次回作に期待です！」

『(やんわりと、しかしバッサリ斬《き》り捨てたぁ――――――――――！)』

頑張《がんば》った！　天道さん頑張ったよ！　よく言った！　いつかネットのどこかで見た、作家の面白くない原稿《げんこう》やプロットに対する編集さんのマイルドな斬り捨て方にも似たその発言、よく面と向かって言えたね！

天道さんの天道さんらしい返答に少し感動する僕と上原君。迷いを捨てやり切った達成感に震《ふる》える天道さん。そうして、感想を告げられた張本人、チアキはといえば――。

「う……嬉《うれ》しいです！　まさか全面的に称賛《しょうさん》頂けるとは！　自分っ、頑張ります！」

『（意図が伝わってねぇぇぇぇぇぇぇぇぇぇぇぇぇぇぇぇぇぇぇぇぇぇぇ！）』

想定以上のポジティブシンキングに、愕然とする僕ら。

これには流石《さすが》に天道さんも万事休《ばんじ》すだったらしく、蒼白《そうはく》な顔でにこりと微笑むと、チアキにプリントを返しながら「それでは、私はこれで」と告げ、僕らに背を向けた。

そうして、チアキがほくほく笑顔で自分の新作構想を読みふける中。天道さんは……僕と上原君にだけ聞こえる小さな呟《つぶや》きを漏《も》らす。

「…………………ごめんなさい」

『（こちらこそぉおおおおおおおおおおおおおおおおおおおおお！）』

軽く震えながら駆《か》け出すその背に、僕らもまた心の中で何度も謝罪を叫《さけ》ぶ。ほんとごめん！　なんかごめんよっ、天道さん！

そして、そんな僕らの様子に一切気付かないチアキが上機嫌《じょうきげん》でドヤ顔をかましてくる。

「ふっふー。どうですか、見ましたか、二人とも！　いやぁ、見る人が見れば、ちゃーんと評価されるんですねぇ、自分のゲームって！」

『お前……！』

この時の僕と上原君の中に湧《わ》いた感情を、なんと表現すればいいのだろうか。ああ、九割イラストレーターさんのおかげで売れただけのライトノベル作家が大層調子こいているシーンを目撃《もくげき》した瞬間《しゅんかん》とかが、これに似ているのだろうか。

もうホント、言ってやりたい。才能を潰《つぶ》すからとかそんな配慮《はいりょ》無しに、一言。

お前の新作、これたぶんクソだぞ。

その一言が、どうしても言ってやりたい！　だけどその欲望《よくぼう》に僕らが身を任せるわけにはいかない！　なぜなら……それでは天道さんの悲壮《ひそう》な努力が無駄《むだ》になる！　あんなに気を遣《つか》って、そして、ある意味いつものように一人だけ傷ついて帰っていった天道さんに申し訳が立たない！

僕らが悔《くや》しさで歯ぎしりする中、調子に乗ったチアキが更に続ける。

「思えば、ケータも上原さんも、色々ツッコミはしてきましたけれど、面白くないとは一言も言いませんでしたもんねぇ。あれですね。自分、萌《も》えは大嫌《だいきら》いですけど……これが所謂《いわゆる》、ツンデレっていう反応だったんですね！」

『…………！』

最早悔しくて悔しくて、僕と上原君は、歯を突《つ》き立てた唇《くちびる》から血を流す勢いだった！

こんな……こんなことがあっていいのか！　クリエイターのガラスのハートや才能を盾《たて》に、僕ら一般人が言いたい事も言えないこんな世の中で、いいのかよ！

そうして、僕と上原君が必死に怒《いか》りで震える身体《からだ》を押さえ込んでいると。

チアキが机の上に置いたプリントが、教室の窓から吹《ふ》き込んだ風により、入り口の方へと飛んでいってしまった。

「あ」

チアキが慌てて立ち上がり、プリントを追う。しかし、するりするりとプリントは見事にチアキの手を逃《のが》れていき、遂《つい》には廊下《ろうか》にまで出て行ってしまう。

その様子を、ただぼんやり窺うボクと上原君。

プリントの動きに翻弄《ほんろう》された末、なんだかんだで入り口付近の壁《かべ》に一旦《いったん》手をつき体勢を立て直すチアキ。一方、廊下に滑《すべ》り出たプリントは——丁度そこに通り掛かった、ある一人の女生徒の足下《あしもと》に落下した。

「ん？　なにこれ」

そう呟き、ひょいとプリントを拾い上げる女生徒。音と気配でその様子を察知したチアキは誰《だれ》か知らない人に拾われたと思い込んだらしく、相手からはチアキの姿が確認出来ない壁際《かべぎわ》で息を殺した。当然チアキからも相手の姿は見えない。

しかし、僕と上原君からは、その人物の姿が……小麦色の肌《はだ》に明るい髪色をした、お馴《な》染《じ》みの女性——上原君のカノジョ、アグリさんの姿がばっちり見えており。

僕と上原君がその意外な……そしてどう転ぶのか分からない状況にごくりと息を呑《の》む中。

拾ったプリントをその場でふむふむと読みふけったアグリさんは——

——ケラケラと笑いながら、その本当に忌憚《きたん》なき感想を漏らした。


「やっば、なにこのゲーム、超《ちょう》つまんなそうｗ」


『(神かぁあああああああああああああああああああああ！)』

壁際でチアキが力なくくずおれるのを見守りながら、あまりの胸がすくような展開への感動に、思わず二人で固《かた》く抱《だ》き合ってしまう僕と上原君。

刹那《せつな》、そんな僕ら——ＢＬ真っ青の情熱的な抱擁《ほうよう》を交わす僕らと……上原君のカノジョであるアグリさんの視線が合う。

『……あ』

…………アグリさんが、なにやら死んだ目でプリントを持ったままスタスタとどこかに去って行ってしま——。

『ちょ、ちょっと待ってぇぇぇぇぇぇぇぇぇぇぇぇぇぇぇぇぇぇぇぇぇ！』

慌ててそんな彼女を追いかける僕と上原君。未《いま》だに教室の隅《すみ》で「ちょ、超つまんない……」と落ち込むチアキ。……事故とはいえ、ちょっと酷《ひど》すぎたかな？

「(っと、今はチアキの心配している場合でもないか。アグリさんに怒《おこ》られる！)」

そんなこんなで、今日も今日とて、僕らのゲーム同好会はグダグダのうちに幕を閉じたのだった。

約二週間後

例の同好会からしばらくした、とある日曜の昼下がり。

何気なくネットサーフィンに興じていた僕は、ふと、いつも自分が贔屓《ひいき》にしているフリーゲーム作者さん……《のべ》さんの新作が更新《こうしん》されていることに気がついた。

「お、やったね！」

僕は早速ダウンロードしてそのゲームをプレイする。この《のべ》さんの作品は、昔から異様な独創性に富んでいて、正直、そんなに一般受けはしていない。だけど、僕はこの人のそういう感性こそが大好きで、ファンをやっていたりもするわけで。

今回も期待と共にソフトを起動する。と、まずはタイトル画面。

《銀河連邦《れんぽう》ＶＳ邪悪《じゃあく》な侵略《しんりゃく》神！》

「……ん？」

何かが心に引っ掛《か》かる。いや独創的なのは相変わらずなんだけど、なーんか、どっかでいつかこんな単語を聞いた覚えがあるような……。……いや気のせいか。

ニューゲームを選ぶと、今度はプロローグが流れ出した。

《王国暦七六五年。ゴルゴン大陸の覇権《はけん》を争うベルフラウ共和国とバルディッシュ帝国《ていこく》の永きに亘《わた》る戦争に、仮初《かりそ》めの休戦協定が結ばれたこの年。

後に世界へ変革をもたらす男は、帝国帰還兵《きかんへい》の暴力が横行する掃《は》き溜《だ》めの如《ごと》きスラム街の一画で、やつれた娼婦《しょうふ》の股《また》ぐらから生を受けた》

「んぅ？」

なんかやっぱりどこかで見た気がするが……常に何本も並行してゲームをやっていたりする身。こういう王道のプロローグぐらい、どこで見ていてもおかしくないわけで。

しかし、何かが思い出せそうな気がする。僕のうっすらとした記憶《きおく》によると、この先の主人公紹介《しょうかい》で、何か特異な部分があったような……。

《その者、名を——グレン・アンダルシアという——》

なかった。普通《ふつう》だった。ふむ、やっぱり僕の気のせいだったようだ。

僕はそのまま、気を取り直してゲームを再開させる。

ゲーム内容は、極《きわ》めてオーソドックスなターン制RPGだった。帝国の法を変えるべく主人公が腐敗《ふはい》した人間を倒《たお》していくのだが、その手法は外道《げどう》な闇討《やみう》ち暗殺——などではなく、正面から堂々と騎士《きし》道精神に則《のっと》った勝負を挑《いど》み、戦い、改心させるという手法。

世界観も極めて定番で、通貨単位はゴールドだし、敵を倒せば普通に経験値が貰《もら》えてレベルが上がるし、薬草でHPがすんなり回復する。

途中《とちゅう》で世界観が拡大するものの、主人公は普通に勧善懲悪《かんぜんちょうあく》の戦いを進めた末に銀河連邦に身をおくだけだから、超展開という程でもない。

そうして最終的には、銀河連邦が邪神《じゃしん》を倒してハッピーエンド。話が巨大化《きょだいか》した割には意外とボリュームもコンパクトにまとまっており。

まあ、なんというか、正直なところ……。

「ふ、普通の良作だった……」

僕はエンディング画面を眺《なが》めながら、思わず呆《ほう》けてしまう。……い、いや、これまでも《のべ》さんは時折ぶっとびすぎない作品は出していたのだけれど……今回は、取り分け手堅《てがた》くまとまっていて。

「…………」

僕はゲーム画面を閉じると、《のべ》さんのブログを開く。いつも、新作をプレイした後はここに《ヤマさん》のＨＮで感想を書込むのが倣《なら》わしなのだ。

「と、あれ、新しいブログ記事が追加されてる」

ふと見ると、例の新作の開発裏話的な記事が更新されていた。相変わらず簡素な言い回しではあるものの、どうやら今回は友人二名の監修《かんしゅう》を受けたとのことだった。

「ああ、どうりで……」

僕は元々、《のべ》さんの生粋《きっすい》のファンだ。この人の作品全てから匂《にお》い立つ「作者の人《ひと》柄《がら》」「空気感」が好きで、それは殆《ほとん》ど盲目《もうもく》的な信者にも近い。

そして今回の新作は、出来不出来で言えば、《のべ》さんの作品の中でも、圧倒《あっとう》的に出来がいい側の作品だったと思う。

他者の監修が入るというのは、実際こういうことなのだろう。トゲトゲゴツゴツした原石を上手いこと磨《みが》いて、皆《みな》が触《ふ》れる作品にしてくれている。

それはそれで、とても価値のあることだ。そしてそんな友人のアドバイスを素直に受け容《い》れた《のべ》さんも、やっぱり非常に大人で素敵な人なんだろうなと思う。

だけどそれでも僕は……僕が心から好きだなーと思っていたのは、やっぱり……。

僕はおもむろにコメント欄《らん》を開くと、まず、いつも通り簡素に〈新作も面白かったです！　すっごく纏《まと》まっていてびっくりしました！〉という感想を書き込み。

それから、少し黙考《もっこう》した後、もう一件だけ。

「…………うん」

《のべ》さんに対する今の僕の本当に素直な気持ちを、極めてシンプルに、書き足しておくことにしたのだった。

翌日

「やっぱり自分はっ、自分の感性を信じ抜《ぬ》くことにします！」

『はい？』

今日も今日とてゲーム同好会を開いていた僕らに、チアキが開口一番そう切り出してくる。

僕と上原君は、思わず顔を見合わせた。

「（な、なんだ？　どうしたんだ星ノ守の奴《やつ》。ここ暫《しばら》く大人しかったと思ったら……）」

「（う、うん、なんだろうね。アグリさんにバッサリ切られてから、粛々《しゅくしゅく》とした態度が続いていて、僕らも凄《すご》くやりやすかったのに……新作構想への追加意見も結構素直に聞いてくれていたし……）」

それが、今日はなぜか……初っぱなから以前のチアキ全開であり。

イヤな予感に身を震《ふる》わせる僕らに、チアキは……その瞳《ひとみ》にあの絶対的な自信を蘇《よみがえ》らせて、大きな声で告げて来た。

「先日はうっかり反省とかしてしまいましたが！　やはりっ、商業作品ならともかく、少なくともフリーゲームというジャンルにおいては、作者の趣味《しゅみ》満載《まんさい》で何が悪いっていうんですかっ！　剥《む》き出しのエゴをも受け容れてくれるからこそ、フリーゲームって素晴らしいんじゃないいんですかっ！　それを、なんだか弱気になって、日和《ひよ》って……二人の意見を積極的に取り入れすぎた自分がっ、間違《まちが》いでした！」

『ええー!?』

いきなり自分達のアドバイスを批判され、ムッとする僕ら。

「な、なんだよそれ。僕らの意見取り入れて作ったチアキの新作ゲーム、全然ダウンロードされなかったの？」

「いえいえ！　実際現状過去最多のダウンロード数を誇《ほこ》っております！　評判もこれまで一番いいです！　正直、超結果を出しています！」

『ほら見たことか――』

「でも！」

僕らの言葉を遮《さえぎ》るように、チアキが勢い良く立ち上がる。彼女はしばらく俯《うつむ》いた後……次の瞬間《しゅんかん》、はにかむような笑顔を見せて、呟《つぶや》いた。

「でもそれじゃあ……それじゃあ、自分が本当に楽しんで欲しかった人には、今一つ、響《ひび》ききらなかったみたいですから……」

「？」

彼女が何を言っているのか、全く意味が分からない。上原君の方を見ると、彼は……なにやら「あ、まさか」と声を上げ、僕の方をちらりと窺《うかが》ってきた。……？

僕が首を傾《かし》げていると、チアキが咳払《せきばら》いして続けて来る。

「自分は少し間違ってしまいました。自信をなくしていたあまり……二人の意見をそのままゲームに組み込むばかりで……」

「？　それは何か、問題なのか？」

極めてまともなアドバイスしかしない僕らとしてはイマイチ理屈《りくつ》が分からずにいると、チアキはおずおずとそれに答える。

「えとえと、他人の意見を取り入れること自体は立派なことだと思います。だけど……」

そこで一拍《いっぱく》置き、チアキはキッと瞳に確かな意志を宿らせて告げる。

「だからといって、自分なりに指摘《してき》の意味を理解し咀嚼《そしゃく》しないまま機械的に作品へと放り込んだのは、クリエイターとして非常に不誠実な行いでした。お二人にも、この場で謝罪させて頂きます。折角のアドバイスを最大限に活《い》かせず、本当にすいませんでした」

腰《こし》からしっかりと身体《からだ》を折り曲げ、僕らに謝罪してくるチアキ。

『…………』

それを見て、僕と上原君は思わず言葉を失う。……そこに居た女性は最早、僕と同学年の学生には到底《とうてい》思えなくて。

僕らは、慌《あわ》てて「いや別にいいって！」などと取りなす。

と、次の瞬間頭を上げ、どこか照れた様にはにかんだチアキの表情から……僕は慌てて視線を逸《そ》らした。

「（ぼ、僕としたことが……。なんだか……チアキがすげーカッコ良く見えた……）」

目をごしごしと擦《こす》って、今の感想をなかったことにしてかかる僕。

チアキはそんな僕を不思議そうに見ながらも着席すると、改めてもじもじとなにやら切り出してきた。

「あのあのっ、そんなわけで、よろしければまたお二人には新作構想へのアドバイスをお願いしたいのですが……」

気まずそうにそんなことを言い出すチアキ。……どうやら、僕と上原君が先程の話に気分を害しているとでも思い込んでいるようだ。

僕らは思わず顔を見合わせると。やれやれと苦笑しつつも、二人一緒《いっしょ》に、チアキへと微笑《ほほえ》みかけてやった。

『手加減しないよ？（ぞ？）』

「！……はい！　どんと来いです！」

笑顔で胸を叩《たた》き、直後に咳《せ》き込むチアキ。

男子二人、そんな彼女の様子にゲラゲラと笑いながらも。

僕はふと、なぜか、先日自分が大好きなフリーゲーム作者さんのブログコメント欄に書き込んだ文言《もんごん》を、思い出していたのだった。

〈僕はやはり貴方《あなた》が、貴方の貴方らしい作品が、心の底から大好きです　ヤマさん〉

【エロゲーマーと観戦モード】

「というわけで……本日も皆《みな》さん、ありがとうございました！」

夕陽差す放課後の生徒会室。上座席側で立ったあたしは、いつものように元気に頭を下げて会議を締《し》めた。

本日の務めを終えた役員達がガタガタと席を立つ中、ただ一人、あたしの左手に座る書記の三年生、風祭清花先輩《かざまつりさやかせんぱい》が少し拗《す》ねた様子でこちらを見つめてくる。

「もう、コノハちゃんったら。そんなに肩肘張《かたひじは》らなくてもいいって、いつも言っていますのに……」

困ったように腕《うで》を組み、おっとりと頬《ほお》に手を当てる先輩。白く滑《なめ》らかな細腕《ほそうで》が豊満なバストを押し上げ、鴉《からす》の濡《ぬ》れ羽《ば》色の髪《かみ》が夕陽に煌《きら》めく。

溜息《ためいき》が出るほどの美しさ。あたしは思わず永遠に彼女を鑑賞《かんしょう》し続けたい欲望《よくぼう》に駆《か》られるものの、なんとかそれを堪《こら》え、馴染《なじ》みの照れ笑いで返す。

「ああ、いえ、気にしないで下さい。これは、あたしなりのケジメみたいなものなので。ほら、言ってもあたし、一年生の若輩者《じゃくはいもの》で、まだまだ皆さんに教わる立場ですし！」

ぐっと拳《こぶし》を握《にぎ》り込むあたし。先輩が「はぁ」と溜息を吐《つ》く。

「それこそが肩肘張っていると言っているのです。うちの学校……特に生徒会は、代々、そういう先輩後輩《こうはい》の上下関係みたいなのは気にしない習わしなのですから……」

「はい！　承知しております！　ですからあたし、自分をもっともっと磨いて、早く皆さんと肩を並べて本当に仲良しさんになれる日が来ればいいなって、そう本気で願っているんです！　だって先輩達のこと、あたし、大好きですから！」

ガッと風祭先輩の手を握りしめ、真っ直ぐ彼女の瞳を見据《みす》えながら告げるあたし。

と、先輩は照れた様子で頰を真っ赤に染めると、ふいっと視線を逸《そ》らしながら「ま、まったく……」と呟いた。

「どうして貴女《あなた》という人は、いつもそう……」

「ははは、観念しなよ、清花。そいつは最初からそういう奴《やつ》なんだからさ！」

帰宅準備を整え終えた副会長の火野《ひの》なつめ先輩が、ポニーテールを揺《ゆ》らしながら快活に笑う。

更《さら》にそこへ、残りの生徒会メンバー二名——二年生組の方も加わってきた。

「コノハさんが誰《だれ》よりも真っ直ぐで努力家の女性でいらっしゃるということは、わたくし達が一番良く知っていることじゃありませんか」

「そうそう。っていうかぁ、コノコノはそういう所がウケて、一年生にしてこの学校の頂点にまで上り詰《つ》めたわけだしぃ」

副会長の林雪菜《はやしゆきな》先輩と、会計の山田蜜乃《やまだみつの》先輩だ。

林先輩はおっとり系、山田先輩は妖艶《ようえん》系とそれぞれの持ち味の違《ちが》いこそあれど……この生徒会に在席する女子達には、明確な共通項《こう》がある。

それは――全員が全員、揃《そろ》いも揃って「美少女」だということだ。

夕焼けが赤く染める生徒会室の中、あたしを真摯《しんし》に見つめてくる美少女四人。

あたしは……そんな四人を一通り見回すと。

今一度ぐっと拳を握り込み、改めて、その決意表明を叫《さけ》んだのだった。

「はいっ！　あたし、コノハは今後も粉骨砕身《ふんこつさいしん》の覚悟《かくご》でこの学園――私立碧陽《へきよう》学園の生徒会長を務めていく所存ですので、皆様何卒《なにとぞ》、今後ともご指導ご鞭撻《べんたつ》の程よろしくお願い致《いた》しますっ！」

＊

本日の会議を終え、役員達が帰宅した後の生徒会室にて。

このあたし……私立碧陽学園生徒会長コノハは現在、一人、会長席に座っていた。

夕陽の差し込む窓をバックに長机へ両肘《りょうひじ》をついて手を組み、これからここで行われる「真の戦い」に備えて瞑想《めいそう》するあたし。

視界を閉じたことで、先程まで美少女達が詰めていたが故《ゆえ》のなんともいえない麗《うるわ》しい芳《ほう》香《こう》が鼻《び》孔《こう》を擽《くすぐ》る。汚《けが》れを知らない純朴《じゅんぼく》な乙女《おとめ》達の残《のこ》り香《が》。…………。

「…………ふ」

口元が邪悪《じゃあく》に歪《ゆが》み、一瞬《いっしゅん》自分の中の「悪癖《あくへき》」が顔を出しそうになる、が、あたしは口元を手で覆《おお》ってどうにかそれを堪えた。

そうじゃない……そうじゃないでしょう、コノハ。今日の目的は、そうじゃない。

頭の中を出来るだけクリアにするべく、今、この状況《じょうきょう》の整理を開始する。

まずは——そう、そもそも、この特殊《とくしゅ》な生徒会についておさらいしておこう。

私立碧陽学園生徒会。そこは、代々美少女ばかりが揃うという、妄想《もうそう》ラノべみたいなことがリアルに起こっている奇《き》跡《せき》の楽園だ。

……というか実際五代前の生徒会なんかはその日常記録をラノべにしていたらしいけれど、あたしはまったく読んだことがないし、興味もない。五代も前だから完全に無接点な人達もいいとこなOBの、調子こいた創作混じりのリア充《じゅう》青春記録とか……後輩としてどんなテンションで読めというのだ。今後も読む気は一切ない。

ともかく、今大事なのは、この学園には「美少女だらけの生徒会」という嘘《うそ》みたいな存在が本当にある、という点だ。

勿論《もちろん》そこには多少のカラクリがある。そもそも妙《みょう》に顔面偏差値《へんさち》が高い女子の集まる不思議な校風に加え、更に生徒会選挙が諸事情あって現状ほぼミスコンと化しているのだ。

つまり校内美少女ランキング一位が、そのまま会長になってしまう。で、更に五位あたりまでが他の役職につくわけで……そりゃ美少女生徒会にもなる。

で、そんな中、今年の碧陽学園美少女ランキング一位が――つまりはこのあたし、コノハというわけなのだけれど。

「………」

くるりとイスを回転させ、脇《わき》にあった生徒会室備え付けの姿見に映る自身を眺《なが》める。

あどけない小顔の中に、大きくキラキラと藍《あい》色の瞳《ひとみ》が輝《かがや》いている。透《す》き通るような肌《はだ》にはモチモチとした弾力《だんりょく》と艶《つや》が感じられ、その白さに反して不健康感はまるでない。

長く艶やかな黒髪はツインテールにまとめられ、清楚《せいそ》さとアクティブさを両立させている。同年代の中では比較《ひかく》的小柄《こがら》で華奢《きゃしゃ》ながら、胸囲がそれなりにあるせいか、どこか女の子らしい柔《やわ》らかさを感じさせた。その上成績まで学年トップというんだから、生徒会長として……いえ、一人の女性として、非の打ち所が全くない。……いや、なさすぎた。

そう……現実としてはいっそ、不自然な程に。

――あたしはそんな「完璧《かんぺき》に作られた」自分と向き合い、妖《あや》しく微笑《ほほえ》む。

「……ふふっ……なんて完璧な擬態《ぎたい》なのかしらね……」

そう呟《つぶや》くあたしの瞳には、先程までの「快活な一年生生徒会長、コノハ」の純朴さは欠片《かけら》もなかった。

あたしは立ち上がって姿見に近付くと、うっとりとそれを眺める。

肌質から体型から、この媚《こ》びるギリギリラインのツインテールまで、最早《もはや》およそ改善点らしきものが見当たらない完璧な姿。あたしは決して自己評価が不当に高すぎるナルシストではない。自身の不断の努力による一つの成果として、この容姿を誇《ほこ》らしく思っているだけだ。実際客観的にも碧陽学園の生徒会長に選ばれている時点で、コノハという女性は一つの完成をみているのだろう。

「さて……」

あたしは姿見での自分鑑賞を終えると、改めて誰も居なくなった生徒会室を見渡《みわた》し……

ニヤリと不敵に微笑んだ。

そう……実際のところあたしは、皆《みな》が思うような努力家で慈愛《じあい》に満ちた純粋無垢《じゅんすいむく》な生徒会長などではない。

趣味《しゅみ》と実益を兼《か》ねて現在このような立ち振《ふ》る舞《ま》いこそしているが、むしろその中身は「無垢」などとは対極、ある意味最も会長職に相応《ふさわ》しくない人材とさえ言える。

醜悪極《しゅうあくきわ》まりない個人の欲望を満たすためにこそ、あたしはここまで上り詰めた。……碧陽学園生徒会を掌握《しょうあく》し私物化出来る、生徒会長という立ち位置まで。

そして今日。……誰に怪《あや》しまれることもなく一人生徒会室に残った今日こそ。

「始めるとしましょうか……」

遂《つい》に……あたしは、悲願だった作戦を実行に移す。

「この生徒会に隠《かく》された『罪深き闇《やみ》の遺産』の探求を。そう、つまりは……」

本当のあたし。

それは、異質で、異形《いぎょう》で、異常で、本来ならば深遠なる闇の中でこそ蠢《うごめ》く存在。

そう、あたしは……私立碧陽学園生徒会長コノハの正体は――

「《伝説のエロゲー》探しを！」

――完全に色々道を踏《ふ》み外した、ただのエロゲーマニア女子なのであった。

＊

かつてある意味この世の全てを手に入れた男
嫉妬《しっと》・罵声《ばせい》・軽蔑《けいべつ》
彼の卒業際《ぎわ》に放った一言は、全エロゲー好きを生徒会室へ駆り立てた
《変態王》キー・ＪＣ・ケープ
「おれの秘蔵お宝か？　欲しけりゃくれてやるぜ……」
「探してみろ。エロスの全てをそこに置いてきた」
世は、大エロゲー時代を迎《むか》える──

──ようなことはなかったのだけれど、まあ一部の地元エロゲーマニアの好奇心《こうきしん》を擽《くすぐ》り、ちょっとした都市伝説と化すぐらいにはなった。しかし狭《せま》き門たる「碧陽学園の生徒会入り」を果たせるエロゲーマニアなどそうそう現れるはずもなく……早数年。

遂に本年──胸にエロスという名の大志を抱《いだ》いた女子生徒が現れた。

それこそが、このあたし──第三七代碧陽学園生徒会長、コノハなのである。

「さて、やるか」

あたしは早速《さっそく》、一人になった生徒会室でゴソゴソと家捜《やさが》しを始める。

戸棚《とだな》を調べ、ロッカーを漁《あさ》り、壁《かべ》を叩《たた》き、果てには――卑《いや》しく床《ゆか》にも這《は》いつくばる。

全ては《伝説のエロゲー》……通称《つうしょう》《ひとぬらしの大秘宝（アンピース）》を探すため。

…………。

なによ。なんか文句あるの？　言いなさいよ。ねぇ。

ええ、わかってますとも。今の自分が完全アウトなのは重々自覚しておりますとも。さっき姿見に、尻《しり》を突《つ》き出して某《ぼう》国民的アニメのワ○メちゃんばりにモロパンしている女子高生（エロゲー探索中《たんさく》）が映った時なんかは、流石《さすが》のあたしと言えど「おっとこいつぁ死にたいぜ」と思いましたよ、ええ。

でも、それがなんだというの。そこに面白いエロゲーがあるなら、あたしは下らない自尊心なんていくらでも売り払《はら》う。そういうものでしょ、真のエロゲー好きって！

…………。

いや、まあ、違うとは思うけど。違うと思うからこそ、こうして、モノローグ形式でどこかの誰か（神様とか守護霊《しゅごれい》とかとにかくスピリチュアルで偉《えら》い何か）に向かって延々と言い訳を垂れ流しているわけだけれども。

まあいいわ。こうなったら、エロゲーの探索中はとことん心の中を「語り」で満たして、このしょっぱい現実の風景を忘れようじゃない、うん。……よし。

流石のあたしと言えど、何も生まれた時からエロゲーマニアだったわけではない。

いや、もっといえば、現在主《おも》に「表側」として使っている「生徒会長コノハ」の顔こそが、以前は殆《ほとん》どそのままあたしの本質だったと言ってもいいだろう。

学校の成績はいつも上位で、運動能力にもそこそこ長《た》け、かといって真面目《まじめ》一辺倒《いっぺんとう》でもなく、遊ぶ時は目《め》一杯《いっぱい》無《む》邪気《じゃき》に遊ぶ。数多くの友人から常に頼《たよ》りにされ、なによりも他人の幸福を心から喜べる。そんな……自分で言うのもアレだけど、イマドキ珍《めずら》しいぐらい、本当に根っから真っ当な女の子だったのだ、あたしは。

――二年前……中学二年の時に、期せずしてエロゲ沼《ぬま》に沈《しず》むまでは。

大本のキッカケは、友人の一人に薦《すす》められたライトノベルだった。これ自体は実際エロが際《きわ》どいわけでもなんでもない、極めて定番のオーソドックスラブコメだったのだけれど……その会話文が抜群《ばつぐん》に面白く、あたしの心に見事クリティカルヒット。

その時点で出ていたシリーズの既刊《きかん》四冊をそれぞれ五回は読み返す程にハマったのだけれど……当然ながら、好きになればなるほど、既刊だけでは飽《あ》き足らなくなり。

と、そんな折、この著者が元々十八禁ゲームのシナリオライターだったことを知った私は即座《そくざ》にそのエロゲーへ飛びつく――程の勇気は流石にまだなく、十八禁要素を削《けず》って全年齢《ねんれい》用として移植されていたコンシューマー版をプレイ。

それもまたやはり最高に面白く、基本的には満足だったわけなのだけれど。

ただ一点、どうしても気になってしまったのは……割と露骨《ろこつ》に「元々はここにえっちぃ描写《びょうしゃ》がありましたよ」と分かる削除《さくじょ》シークエンスがあったことで。

これには、その時点ではまだ割と真っ当な女子中学生感性だったあたしでさえも、流石にモヤモヤとしたものを感じてしまった。

だって、長時間主人公とヒロインのイチャイチャ恋愛《れんあい》描写見せつけておいて、なおかつ元が十八禁作品だから当然プレイヤーの性的な期待を煽《あお》る演出まで組み込んである作品が……だというのに肝心《かんじん》の本番だけ見せず、雑な朝チュン描写なんて、ちょっと許されない生殺し感じゃない。さながらバトル漫画《まんが》でボス戦をダイジェストで流すようなものだ。

勿論、世の中のあらゆる作品に本番行為《こうい》のリアル描写があるべきとは思わない。

けれど元が十八禁作品となると、やはりどうしても「本来あるべきはずのものが削られている」という印象にはなってしまったわけで。っていうか、いくら新規ヒロインが追加されたところで、抜《ぬ》けたエロスの穴は到底《とうてい》埋まらないのよ！……こほん。話を戻《もど》そう。

とにかくその結果、作品内容自体は極めて面白かったにもかかわらず、不思議な「食い足りない」感を抱《かか》えてしまったあたしは、そのまま更《さら》に同一作者の他作品を求めたのだけれど……残念ながらもう彼の作品のコンシューマー移植作はなく。

とはいえ、まだエロゲーに踏み出す勇気もない。

仕方ないので、ネットのレビューや通販《つうはん》サイトのオススメを参考に、同一系統の名作十八禁ゲーム移植作品を数本見繕《みつくろ》って代替的《だいたい》にプレイしてみた、のだけれど……。

この判断こそが、今思えばあたしにとって決定的な転機だった。

実際、流石にネット上で「名作」「神作」などと評されているだけあって、その全部が全部ゲーム内容は抜群に面白かった。あっと驚《おどろ》くシナリオ展開や、ヒロイン達の美しいグラフィック、目を見張る演出等……全てが、まだまだギャルゲー（エロゲー）初心者だったあたしに新鮮《しんせん》な驚きと興奮を提供し。

そして、だからこそ。

圧倒《あっとう》的な完成度を誇る素晴らしき神作達は、その全てが――

――「エロ」の削られた消化不良感を、あたしにもたらした。

……そこからだ。あたしが、一線を踏み越《こ》え……エロゲーに手を出し始めたのは。

実際本番シーンを見たところで大概《たいがい》の作品は結局物語の本筋に影響《えいきょう》なんか殆どなかった。むしろ長々と露骨な性的サービスシーンに割《さ》かない分、コンシューマー版の方が遥《はる》かにテンポの良くなっているケースまである。が、それでも時折は「作中に踏み込んだ描写があるからこそ」の名作もあったし、少なくともコンシューマー時の不完全版をやらされているようなモヤモヤ感は一切なかった。なにより、まだまだコンシューマーに移植されていない名作・神作のまぁゴロゴロしていること！

あたしは、ますますエロゲーにのめり込んだ。

最初はシナリオ目的でしかなかったのに、気付けばいつの間にか女性キャラグラフィックに「好み」の傾向《けいこう》が出来始め、そうこうしているうちに原画家語りが出来るようになり、果てにはシナリオ度外視でイラスト買いまでするようになっていく始末。

決して生まれつきの百合《ゆり》属性というわけではないのだけれど、今や気付けば現実でも美少女には反応してしまう有様だった。……だからこの碧陽学園生徒会という場所は、あたしみたいな者にとってガチで楽園すぎてマジ興奮――こほん！

と、とにかく、あたしはこの二年ですっかりエロゲーの虜《とりこ》になっていったわけで。

が、当然ながら、この趣味は親しい友人や家族には打ち明けていない。いくらエロゲーを崇拝《すうはい》しているとはいえ、その辺のマナーというか線引きは当然弁《わきま》えている。

実際それまで極めて優等生な生き方を貫《つらぬ》いてきてしまったおかげで、あたしの周囲にそういうものへの理解がある人はほぼゼロだった。最初にライトノベルを薦めてきてくれた子だって、あくまでたまーにライトノベルを読むかなぐらいの子であり、とてもじゃないがエロゲ話で盛り上がれるようなタイプではなかったし。

一応「ゲーム好きの人間」程度なら身近に思い当たる人材はいたのだけれど……実際問題「ゲーム好き」と「エロゲ好き」は似ているようで決定的に違《ちが》う。「エルフ」と「ダークエルフ」ぐらいに違う。下手《へた》をすれば種族間戦争にさえ発展しかねない微妙《びみょう》な緊張状況《きんちょうじょうきょう》にあるのだ。流石にそういった相手にエロゲ話をぶっ込む勇気はない。

あたしという人間は、言っても基本的には根っ子の部分が秀才《しゅうさい》優等生タイプだ。人に好かれたいし、頼られたいし、だからそのための努力を全く苦とは思わない。「表側」のコノハも決してただの上《うわ》っ面《つら》な演技というわけではないのだ。ただ、このディープな裏側を見せていないというだけで。

しかし特殊《とくしゅ》な趣味の炎《ほのお》というものは、外から抑《おさ》え込めば抑え込むほど、往々にして余計に燃え盛るものでもある。だからこそまたその炎に負けじと、表側の自分磨《みが》きにもますます力を入れるという、負の……いや、ある意味プラスのスパイラルを続けた結果。

遂《つい》にはこうして、エロゲーマニアの美少女生徒会長という歪《いびつ》な存在が出来上がってしまったというわけだ。

「…………ふぅ」

回想から戻って来たあたしは、現在も絶賛探索中の薄暗《うすぐら》い生徒会室を見回して――不敵な笑みを浮《う》かべてひとりごちる。

「まぁ、実際こうしてわざわざ生徒会長にまでなったのには、あたしなりの打算があってのことなのだけれどね」

そうじゃなければ、このあたしがプライベートの時間を大幅《おおはば》に削ってまで生徒会活動などしない。ただでさえ趣味《しゅみ》や外面保持にかかる出費をまかなうためのバイトや、学力維持《いじ》のための勉強で忙《いそが》しいのだ。本当ならこの上生徒会なんてやっている暇《ひま》はない。

それでも、あたしは自ら進んでこの生徒会入りを目指した。

《伝説のエロゲー》を探すために。そして……リアル美少女達を愛《め》でるために！

「(エロゲ好きを標榜《ひょうぼう》する者としては当然の方針よね！)」

こんなビッグチャンスをモノにせずして、なにがエロゲ好きか！

幸いなことに、あたしはこれまでの弛《たゆ》まぬ「自分磨き」の結果、入学時点で既《すで》に美少女ランキング上位に充分《じゆうぶん》食い込めるポテンシャルを持っていた。とはいえ流石にトップ……つまり会長にまで上り詰《つ》められるとは思っていなかったのだけれど、どうやら男子からの得票数が極めて圧倒的だったらしい。

ほら、あたしって二年前から自分のキャラ作りの際、どうしても若干《じやつかん》二次元美少女キャラの影響受けてたりしたから。それがいい塩梅《あんばい》にスパイスとして作用したようだ。容姿が男子の理想に近いところに来たというか。確かに今やあたしにとって表側の「コノハ」というキャラは、一種のコスプレ行為とも言えた。趣味と実益を兼《か》ねたコスプレ。その完成度たるや、時折自分でも「エロゲ的にいいヒロインだなぁ」と感慨《かんがい》に耽《ふけ》るほどだ。

……いやまあ、今現在生徒会室の姿見に映っている自分は……ハァハァ息をしながら埃《ほこり》まみれになりつつエロゲー探し回っている女子高生は、イロモノヒロインにも程があるけど。少なくともあたしはこのキャラ攻略《こうりやく》したいと思わないけど。ドン引きだけど。

「……ふう、疲《つか》れた」

あたしは一度探索を中断すると、会長席にドカッと座り直し、気怠《けだる》く首筋を揉《も》んだ。

あたしがこうして必死で暗い生徒会室の中、一人エロゲーを探すに至った理由。事の発《ほっ》端《たん》は、とあるアングラでマイナーな地方掲示板《けいじばん》に記された一つの都市伝説だった。

曰《いわ》く……なにやら昔この碧陽学園生徒会には、妙《みよう》に行動力のあるド変態男が在籍していたという。彼は中々のエロゲ好きでもあったらしく、そのコレクションにはマニアも一目置くものがあったとかなかったとか。

しかし彼は高校卒業時に、諸事情あってコレクションを処分せねばならぬ状況に追い込まれたらしい。で、そのうちの殆どの作品は断腸の想いで売り払《はら》ったらしいのだが……一本だけ、彼の中でどうしても「売る」のは躊躇《ためら》われた作品があった。

それこそが《ひとぬらしの大秘宝《アンピース》》こと《伝説のエロゲー》である。

実際作品の詳細《しょうさい》は誰《だれ》も知らない。が、エロゲー好きがそこまで手放すのを躊躇うゲームとなると、なかなか限られてくる。現在最も信憑性《しんぴょう》が高いとされる噂《うわさ》は、

「当時の生徒会はライトノベルを出版していた。そこから業界の繋《つな》がりで某《ぼう》有名エロゲーシナリオライターと知り合い、そのライターが同人時代に限定制作したの幻《まぼろし》の逸品《いっぴん》あたりを譲《ゆず》り受けていたのではないか」

というものだった。あたしが信じている説もまさにこれである。

というか……この噂の中で出て来る「某有名エロゲーシナリオライター」というのが、まさに、あたしが最初にハマッたラノベの作者でもあるのだ。

この状況に「元々決まっていた碧陽学園への進学」や「自身の生徒会入りを充分目指せるポテンシャル」といった要素が重なったら……それはもう、あたしは運命に「生徒会へ

入れ」と言われているようにしか思えなかった。

そんなわけで生徒会入りしたあたしは遂に今日……満《まん》を持《じ》して誰にも怪《あや》しまれない流れで一人で生徒会室に残り、こうしてエロゲー探索《たんさく》に乗り出したというわけだ。が……。

「…………。…………無いっ！」

自身の過去へと思いを馳《は》せながら、一心不乱に生徒会室探索を行うこと一時間。

決してそれほど広いわけではないこの部屋の全てをあらかた探索し尽《つ》くしてしまったところで……あたしはいよいよ、校内に人が残っている可能性にも構わず、大きく不満を叫《さけ》んだ。

「こ、ここまで探して、どうして無いのよ！　たかだか生徒会室よ!?　壁《かべ》から床《ゆか》から果ては天井裏《てんじょううら》まで探して見つからないって、どういうこと!?」

通常教室の半分程度の広さしかなく、収納も棚《たな》がいくつかあるだけの部屋で、エロゲーが、殆《ほとん》どローラー作戦まがいの力押し探索をかいくぐり続ける道理が分からない。

普通《ふつう》に考えれば、ソフトはもう「無い」……つまりは、既に誰かに回収されている、という可能性が濃厚《のうこう》だ。

しかし、この説にあたしは待ったをかけたい。

なぜなら……つい最近例の地方掲示板に、まさかのキー・ＪＣ・ケープ本人と思われる人物が降臨し、一言、コメントを書き込んでいったのだ。

〈所用で碧陽学園行ったついでに確認してみたら、まだあのエロゲあったｗ〉

……と。

……正直なりすましの可能性もなくはないのだけれど、今更《いまさら》あの地方掲示板……なぜか途中《とちゅう》からエロゲ話題が多くなり、すっかりこの辺の数少ないエロゲプレイヤーしか覗《のぞ》かなくなっている、一ヵ月に一件コメントつくかつかないかの過疎《かそ》掲示板で、そんなしょっぱい悪戯《いたずら》書き込みをする人間がいるとも思えなかった。一方で、本人である可能性は極《きわ》めて高いと言える。その、いい大人とは思えない馬鹿《ばか》な子供っぽさも含《ふく》めて。

あたしは思わず爪《つめ》を噛《か》んだ。

「でもじゃあ……一体どこに隠《かく》してあるっていうのよっ……！」

人という生物は古来から、エロ商品を隠す生き物である。

男子の定番としてはベッドの下。少し捻《ひね》って映画のＤＶＤパッケージの中。あたしぐらいになると、クローゼットの中の下着入れの下層だ。色とりどりのパンティーの隙間《すきま》から美少女キャラが顔を出す光景は自分でも中々死にたくなるけれど、おかげで未だに家族に見つかったことはない。

なんにせよ、エロゲプレイヤーは往々にして「物隠し」のスキルが高いということだ。

「くぅ……なんて厄介《やっかい》な人種なの、エロゲ好きというのは！」

自分のことは棚に上げて地団駄《じだんだ》を踏《ふ》む。……正直、あたしは《伝説のエロゲー》探索を舐《な》めていた。一人で生徒会室を使える時間が三〇分もあれば、充分に発見は可能だとタカを括《くく》っていたのだ。

なのに、このザマだ。理不尽《りふじん》なリアル脱出《だっしゅつ》ゲームの如《ごと》く、全く希望が見えないではないか。

ポケットからスマホを取り出してチラリと時間を確認する。……既に夕方の六時。そろそろ帰宅を始めなければいけない時間だ。けれどこの機会を失うと、次はいつこうして一人で生徒会室に残れるか分からない。なぜなら生徒会のメンバーは皆《みな》「いい人達」だからだ。基本的には会長たるあたしが一人で仕事をするのを許してはくれない。今日は自分がサインしなきゃいけない書類が数枚あるから、と言ってなんとか皆を先に帰したけれど……それだって、今一つ納得して貰《もら》えていない感はあった。間をおかずに二度は使えない理屈《りくつ》だろう。次に一人で生徒会室に残れるのは、一体いつになることやら。

「…………」

あたしは薄暗い生徒会室を見渡《みわた》して親指の爪を更に強く噛む。……とてもじゃないが、他にエロゲーの隠し場所が思いつかない。あたしなりに全ての可能性を潰《つぶ》したつもりなのに……偉大《いだい》で特殊な先輩《せんぱい》プレイヤーの思考に全く及《およ》んでいない。

ふと見た姿見に映るのは、疲弊《ひへい》し汚れ打《よご》ちひしがれた……酷《ひど》い顔の少女。室内が暗いせいもあり、なんだかどんどん気が滅入《めい》ってくる。

……あたしという人間は実際、昔からこうだった。

秀才気質《かたぎ》と言えば聞こえは良い。けれどそれは……突出《とっしゅつ》した才能が無いことの裏返しでもあって。

何事もそつなくこなせる。けれど、肝心《かんじん》な時に……肝心な場面で、一位にはなれない。

勉強も運動も、いつだって「上位」にはいる。だけど、トップには立てたためしがない。

それ以上の「才能」が、いつも全てをかっ攫《さら》っていってしまうから。

だから、この碧陽学園で美少女ランキング一位になった時は大層驚《おどろ》き、そして一人その幸福を噛み締《し》めたものだったが……しかしすぐに、そんな喜びも失せてしまった。

なぜなら、直接でこそなくとも、それとはなしに碧陽学園生徒達の本音《ほんね》は耳に入ってきたからだ。

「まあ、音吹《おとぶき》の天道花憐《てんどうかれん》がうちに来てたら、彼女が断トツ一位だったんだろうけど」

……と。

音吹高校の天道花憐さんのことはあたしもよく知っている。というか以前、遠目にだけど実際に目撃《もくげき》したこともあり……。その瞬間《しゅんかん》、あたしは「これはモノが違《ちが》う」と思い知らされた。

勿論《もちろん》、この碧陽学園の生徒会役員達だって、このあたしを含め、それぞれ独自の個性を持った素晴らしい美少女達だ。自惚《うぬぼ》れとか身内贔屓《びいき》とか抜《ぬ》いて、本気でそう思っている。けれど「天道花憐」だけは別格中の別格だ。世の中、人によって容姿の好みというのは千差万別。誰もが抜群《ばつぐん》に可愛い女子だらけのアイドル集団においてなお、「〜推《お》し」という好みによる派閥《はばつ》が出来たりするぐらい、その好みは多種多様。

しかし、こと「天道花憐」においては――好みがどうとか関係なく万人《ばんにん》が「美しい」と感じる何かが備わっていた。芸能界にさえそうそう出て来ないレベルの特殊《とくしゅ》な輝《かがや》き。圧倒《あっとう》的なスタートラインの違い。最初から神の祝福を受けて生まれてきた人間。

……努力やら自分磨きやらで追いつける領域を遥《はる》かに飛び越《こ》えた世界の住人。

「…………はぁ」

鏡に映るグズグズな自分を見て、思わず自嘲《じちょう》を含んだ溜息《ためいき》が漏《も》れる。

あの天使みたいな女の子と比べたら、このすぐボロが出るハリボテ女が大幅《おおはば》に劣《おと》ることなんて、重々自覚している。敗北なんてとうに認めているのだ。そんなのあたしが……美少女好きのあたしが一番分かっている。

けれども……それでも、やっぱり。

負けを認めるということが、イコールで「悔《くや》しくない」ということでは、ないわけで。

他人の才能を妬《ねた》むなんていうのは、不毛なことだ。……それでも、自分が努力に努力を重ねて手にした成果を、特殊な才を持った誰かがあっさりと飛び越えていくその光景に対して……忸怩《じくじ》たる思いはどうしたって生まれてしまう。

だからこそ、その悔しさをバネにあたしはまた必死で努力し精進《しょうじん》するのだけれど……結局はそれもまた、圧倒的な「才」の前には敗れがちで。

そうして今回……その才能の無さが、遂《つい》には自分の大好きなジャンル……エロゲープレイヤーとしての自分の足まで引っ張り始めるに至り……。

「……うぅ……」

悔しくて、危《あや》うく涙《なみだ》が零《こぼ》れかける。

磨《みが》いた容姿が誰かに劣るのも、鍛《きた》えた運動能力がセンスに負けるのも、必死に詰め込んだ知識の価値が天才の気軽な思いつきにまるで及ばないのも……それらはまだ、なんとか「仕方ない」と耐《た》えられた。ギリギリ、耐えられた。

けれど、自分が心から好きと思える遊びにおいてまで「資格無し」の烙印《らくいん》を押され、こうして門前払《もんぜんばら》いを食ってしまうと……流石《さすが》のあたしと言えどかなり心にこたえる。

「…………はぁ、帰ろう」

あたしは肩《かた》を落としてそう呟《つぶや》くと、手早く生徒会室を片付けて帰途《きと》へとついたのだった。

*

「駄目《だめ》だ、やっぱムラムラする」

しおらしい乙女《おとめ》ちっくなアンニュイ気分なんて基本三分も持たないあたしである。学園を出てバス停に向かいかけた足をくるりと反転させると、街へと向けて全力ダッシュを始めた。

「走れば……ゲームショップに寄っても、家族揃《そろ》っての夕飯までには間に合うはず！」

なんとなれば、生徒会が長引いたとでも言えばいい。

とにかく今はこのモヤモヤを代替《だいたい》のゲームで解消せねば。惜《お》しむらくは高校の制服のため流石にエロゲーコーナーに入れないことだが……なぁに、今のあたしにはコンシューマーゲームで充分《じゅうぶん》！　AVよりグラビアPVを好む男性心理に似たもので、欲望《よくぼう》が高まりすぎるとむしろこちらの想像に色々委《ゆだ》ねさせてくれる類《たぐい》のゲームにこそ味が出て来るのだ。

「(それに最近エロゲー方面のプレイばかりに特化しすぎて、コンシューマーのみで発売されているオリジナルギャルゲーを完全に疎《おろそ》かにしていたから、丁度良いわ)」

一度エロゲーに走ってしまうと、どうしてもコンシューマーからは離《はな》れがちになってしまう。けれど、あたしは決してジャンルとしてエロゲーをギャルゲーの上位互換《ごかん》だと思っているわけじゃない。

確かにエロゲーには表現の幅《はば》が広いが故《ゆえ》の個性ある作品が多い。しかしその一方で、ギャルゲーにはギャルゲーの、全年齢《ねんれい》を対象とするからこその刺激《しげき》的表現に頼《たよ》らないシナリオの工夫等があるのも事実なのだ。

……とはいえ、まぁ……《伝説のエロゲー》というご大層なものと比べてしまうと、その全てが見劣《みおと》りしちゃうのは否《いな》めないけれど……けれど……それでも……。

「……ええい！　ゴチャゴチャ考えるのは後！　今はただ目標に向かって頑張《がんば》る！」

あたしは体中にエネルギーを滾《たぎ》らせると、ダッシュで買い物帰りのママチャリ達をぐいぐい追い抜いてゲームショップへと向かう。が、いよいよショップが近付いてきたところで、あたしは道中の公園に設置された女子トイレへと駆《か》け込んだ。

「(別にエロゲー買うわけじゃないとはいえ、念のため多少の変装はしておかないとね)」

あたしは慣れた手つきで手早くツインテールを解くとそのまま髪《かみ》をわさわさと雑に散ら

し、ポケットティッシュを丸めて頰《ほお》に詰《つ》め顔を膨《ふく》らませる。最後に少し野暮《やぼ》ったい赤の伊達《だ》眼鏡《てめがね》をかけて完成だ。もっと凝《こ》るなら体型やメイクも変えたいところだけれど、エロゲーコーナーに入るでもないならこれで充分だ。

変装作業を一分程度で済ませたあたしはすぐにトイレを出て颯爽《さっそう》とゲームショップに向かった。

「(相変わらず可もなく不可もないゲームショップね)」

入店しながら、そのまるで変わらない客数と品揃えに不思議な安堵《あんど》を覚える。このショップは正直、安くもなければ圧倒的な品揃えを誇《ほこ》るわけでもない、まあ本当に普通《ふつう》のゲームショップだ。基本的には家電量販店《りょうはんてん》やネット通販《つうはん》で買った方が値段も利便性もいい。しかしそれでいて、ある意味貴重な「普通のゲームショップ」でもある。

……つまりは、普通にフラゲが出来ることがあったり、普通に……エロゲーも売っているわけで。

「(ざっと見たところ……うちの生徒はいないみたいね)」

入り口すぐの新作コーナーで一つテキトーなパッケージを手に取りながら、棚《たな》の隙間《すきま》等から店内の様子を確認する。……レジ奥でパイプ椅子《いす》に腰《こし》掛《か》けて気怠《けだる》そうに雑誌を読んでいる茶髪《ちゃぱつ》のバイト男性以外、人の気配は感じられない。

あたしは新作ソフトを棚に戻《もど》すと、なにくわぬ顔でギャルゲーコーナーへと向かった。

棚にはゲームが「あいうえお順」でびっしりと並べられているが、流石のあたしでも簡素なタイトル情報だけでは何も判断出来ない。自然と棚の合間合間でパッケージの表側を見せるようにして置かれた「ピックアップソフト」の方に目が行くが……。

「(まあ見事に新作と有名作ばかりね……)」

それなりのマニアを自認するあたしからすると目新しいソフトは一つも無く、思わず落《らく》胆《たん》してしまう。ネットで多くの人に高評価なものをあらかた遊び尽《つ》くしてしまうと、今度は「個人のオススメ」に目が向いてくる。だからこそ、こういったショップにおける、店員個人のイチオシ的なピックアップには心躍《おど》るものがあるのだけれど……今日は残念ながらそういった出逢《であ》いはなさそうだった。

「(仕方ない、自分の好みで発掘《はっくつ》してみるか……)」

そう決意したあたしは、気になっためぼしいタイトルのパッケージを取り出しては、ためつすがめつしてみる。そうして、あまりピンと来るタイトルがないまま、四本目に手をかけたあたりだった。

「…………から……で……」

「?」

ショップ入り口の方に人の気配を感じたあたしは。ソフトを棚に戻して横からひょいと覗《のぞ》いてみる。

「それにしても、三角《みすみ》君ってホント熱心だよね。僕、心から尊敬するよ」

「もう、やめてよ、雨野《あまの》君。キミの他人に対する賛辞って、本気さがヒシヒシ伝わるせいかホントくすぐったいんだって。よく言われないかい？」

見れば、なんだかんだと雑談を交わしながら二人の男子高校生がショップに入店してきていた。

「（あの制服は……音吹ね）」

碧陽の生徒じゃなかったことに安堵しつつも、観察を続ける。

アマノ君と呼ばれた方は気弱そうな身長の低い男子生徒だ。顔立ちは割合整っている気もするけれど、なんだかどうにも印象が薄《うす》い。

「（ああ、ギャルゲーによくいる『平凡《へいぼん》な主人公』とかっぽいかも）」

悪くはないはずなのだけれど、じゃあどこが良いのかと問われても答えに窮《きゅう》する。見た目的にキャラが立ってない人間とは、結局のところああいうことを言うのかもしれない。

「（……ま、秀才《しゅうさい》タイプのあたしも他人のこと言えないんだけどね）」

あたしは色々なものを盛りに盛って、この会長という地位にまでついたけれど。元のポテンシャルという意味では、彼と大差無いかもしれない。そう考えると若干シンパシーめいたものを感じないでもないけど……。

そんなことより、問題はもう一方……ミスミ君と呼ばれた男子の方だ。

綺麗《きれい》な肌《はだ》、端整《たんせい》な顔立ち、サラサラとした栗《くり》色の髪。平均的な身長で細身ながら、それでいて軟弱《なんじゃく》さを感じさせない極《きわ》めて均整のとれた体軀《たいく》。なによりその全身から発せられる爽《さわ》やかで他者を吸引するオーラ。

「(……やばい。あたしでもときめくレベルのイケメンだ)」

隣《となり》のアマノ君とはまた違った意味でのキャラクターっぽさ。平凡さの延長線上にいる無個性主人公じゃなく、生まれつきのスペシャルな存在感とでも言うのか。そういう意味ではある種……。

「(音吹の男版・天道花憐みたいなものかしら)」

ブロンドの彼女程インパクトがあるわけではないからアイドル扱《あつか》いではないだろうけれど、地味に彼に想いを寄せている女子が多そうなタイプだ。……というか現にあたしも見とれてしまっているし……。

——と、ぼんやりしていると、彼らがこちらに向かってきているのに気が付いた。新作コーナーには目もくれず、なぜだか一直線に店の奥……つまりはこのギャルゲーコーナー方面に向かってくる。

「（と、やばっ）」

あたしは慌《あわ》ててギャルゲーコーナーから離れた。早足で、それでいて足音を消しながら、二人の視界に入らないよう移動する。果たして二人はあたしが隣のＲＰＧコーナーに滑《すべ》り込むと同時に、さっきまであたしのいたギャルゲーコーナーへと入った。

隣の棚の隙間から二人の様子を窺《うかが》いつつ、ほっと胸を撫《な》で下ろす。

「（相手は他校生かつこちらも変装中……とはいっても彼らの目の前で長々ギャルゲー選びするのもアレだものね……）」

仕方ないので、あたしはそのまましばらく隙間から二人の様子を窺うことにした。

こちらに背を向けた二人が、ギャルゲーコーナーの前でなにやら会話を始める。

「さて、そんなわけで雨野君のオススメを聞かせて貰《もら》いたいのだけれど……」

「（え？）」

つい先程まで他人のオススメを求めていただけに、あたしは思わず半歩前に進み出て耳を澄《す》ませてしまう。イケメン君の問い掛《か》けに、ヘタレ主人公っぽい方がこれまたヘタレっぽくヘラヘラと笑っていた。

「な、なんだろ、いざそうやって真面目《まじめ》にギャルゲーのオススメとか訊《き》かれると、こう、照れるものがあるね……」

「（気持ちは分かるけど、早くしてくれないかしら）」

なんだかこちらまで焦《じ》らされている気分になって、多少イライラしてくる。言い掛かりもいいところなのだけれど、あたしだって凹《へこ》んでたり急いでたりと色々あるのだ。

あたしの気持ちに同調するように、爽やかイケメンのミスミ君とやらが苦笑いする。

「そんなこと言わないでさ。そもそも雨野君にこの手のゲームのオススメを訊いたのはボクなんだ。流石にそれでキミの趣味《しゅみ》にどうこう言ったりはしないよ」

「うん、別に三角君を疑っているわけではないし、超特殊趣味《ちょうとくしゅ》のつもりもないんだけどさ。今まで友達にこの手のゲームを薦《すす》めた経験が無いものだから、ちょっとね」

照れ笑いする平凡主人公。……煮《に》え切らない。なんて煮え切らない青年なのだ、あのアマノ君とやらは！　それに比べてミスミ君のなんて爽やかなこと！……こほん。

とはいえまあ実際、アマノ君とやらの気持ちも分からないではなかった。あたしだって、身近な人間にエロゲ趣味がバレてオススメとか訊かれたら、答えに窮するかもしれない。異性の好みや、ぶっちゃけ性癖《せいへき》の暴露《ばくろ》みたいな要素を若干孕《はら》むところがあるから、他のゲームと違《ちが》って中々回答が難しい。

そんなわけでなぜかこちらまでそわそわして見守っていると、アマノ君とやらは多少考えたあと、照れ臭《くさ》そうに答えを口にした。

「えと……じゃあ、そもそも、三角君が気になるものとかはあるのかな？」

「（ええい、まだるっこしいなぁ、もう！）」

あたしは思わずその場で地団駄《じだんだ》を踏《ふ》んでしまう。と、二人がこちらを振《ふ》り返ったので、あたしは慌てて背を向けて咳払《せきばら》いをした。二人は一瞬沈黙《いっしゅんちんもく》した後、何を勘違《かんちが》いしたのか、多少声を抑《おさ》えて会話を再開させる。

ミスミ君とやらは少し悩《なや》みながら棚を見回したのち、ピックアップされている名作の一本を手にとった。

「一応ボクも先に多少調べておいたんだけど、これなんかネット上で『神作』とかって言われているんでしょう？」

そう言って彼がアマノ君に見せたのは、元は同人からスタートした有名な伝奇《でんき》系作品の廉価《れんか》版だった。確かにそれは何度もリメイクやメディアミックスを重ねた程の、押しも押されもせぬ有名作だ。特に独特のテキストを書くこのシナリオライターさんには熱狂《ねっきょう》的な支持者も多く、その圧倒《あっとう》的な才能は現在もアニメ業界や小説業界で燦然《さんぜん》と輝《かがや》いている。

あたしはなんとなく諦《あきら》めのようなものを感じながら二人の背中を見守った。

「（やっぱりオーラある作品は違うわよね。全然ギャルゲーに親しんでいない人にも興味を抱《いだ》かせるんだもの。これこそ、圧倒的才能のなせる業《わざ》ってやつなのかしら)」

音吹の天道花憐や、目の前のミスミ君とやらがそうであるように。エロゲーやギャルゲーの業界にも、パッケージからしてオーラの漂《ただよ》う「これは他と違う」と思わせる作品がある。それらは一様に、絵にしろシナリオにしろ演出にしろ、なにかしらの革新的要素を伴《ともな》った作品……つまりは「才能」と呼べる要素が迸《ほとばし》っているものだったりするわけで。……注目されて当然。目を惹《ひ》いて、手にとられて、当然なのだ。

……そう納得しながらも、一方で、どこか小さなモヤモヤが胸に燻《くすぶ》るあたし。が、その正体は自分でもイマイチ摑《つか》めなかった。……状況《じょうきょう》的に「意外なオススメ」こそを聞きたかったからかしら……などとしばらく思考を巡《めぐ》らしていると、あたしと同様なにやら少し考え込んでいたらしきアマノ君が、ミスミ君の質問に答えた。

「うん、確かに凄《すご》く面白いよ、それ。僕なんか、一週間寝不足《ねぶそく》になりながら一生懸命《いっしょうけんめい》プレイしちゃったもの。それぐらい、のめりこむのは間違いない、圧倒的傑作《けっさく》だと思う」

「そうなの？　じゃあ雨野君のお墨《すみ》付きも貰ったし、これにしようかな」

そう言いながら、笑顔でパッケージをレジに持っていこうとするミスミ君。

彼らの移動を見計らってあたしもギャルゲーコーナーに戻ろうかしらと足を踏み出しかけた——その刹那《せつな》、アマノ君がくいっとミスミ君の袖《そで》を摑んだ。

「あ、待って。傑作だし神作なのは間違いないけれど、それが三角君にオススメだとは、まだ僕言ってないよ」

「？　そうなの？」

ミスミ君が不思議そうに首を傾《かし》げて立ち止まる。あたしも今一つアマノ君の言葉の意味が摑めず足を止める中、アマノ君は意外とハキハキした言葉で理由を語り出した。

「三角君はさ、『ギャルゲーというジャンルの面白さ』を知りたくて、僕にオススメを訊いてくれたんだよね？」

「あ、うん、そうだよ。ほら、うちのゲーム部って皆《みな》特化型すぎて、この手のジャンルに詳《くわ》しい人全然いなかったから……」

爽やかに笑うミスミ君。彼はどうやらゲーム部所属らしい。ああ、知れば知るほどあたしにとって魅力《みりよく》的な人だ。それに比べて、もう一人のアマノ君とやらは……。

「(なんなのよ、ぐだぐだと。その作品は実際超絶面白い神作なんだから、オススメはそれでいいじゃない。アンタの優柔不断《ゆうじゆうふだん》でうだやるの、ホントやめてよ……)」

そういうところまで、ギャルゲーの駄目《だめ》主人公っぽい男だ。

あたしはイライラと……ミスミ君もイマイチ友人の意図が摑めず困惑《こんわく》した様子を見せる中。

アマノ君とやらは、照れ臭そうな笑みと共にギャルゲー棚《だな》から……ピックアップも何もされていない、新作でも注目作でも大ヒット作でさえない……ただ中ヒットぐらいは飛ばした物凄《ものすご》く微妙《びみょう》な位置のソフトを取り出して来て、ミスミ君へと渡《わた》した。

「だったら、僕的には、この『恋《こい》するレインボー』をオススメしたいかな」

「え？」「（ええ!?）」

ミスミ君が戸惑《とまど》いの声を漏《も》らすが、それ以上に動揺《どうよう》したのが、傍《そば》で見守っていたあたしの方だった。なぜなら……。

「（だってあのソフト……ホント何も特色無い作品よね!?）」

実はあたしもあれは少し前に、イラストが気になって作品評価を調べたことがあったのだけれど……そこで分かったのは、この作品が展開に意外性もなければ感動的なわけでもない、もう、ホント、色んな意味で平均的としか言いようがない作品らしいということだった。事実ネットレビューでも、全員が全員『普通《ふつう》ぐらいかなぁ』と評価しての平均点みたいな有様。賛否分かれた結果の平均点でさえない。……だったら別に急いでやらなくてもいいかなと思ってあたしはスルーしたわけだし、実際、感想ブログ等でも強く薦めているような人は皆無《かいむ》といって良かったのだけれど……。

「（それをわざわざ薦めるなんて……友達の前で『通』ぶりたかったのかしら）」

そんな邪推《じゃすい》もしてしまうというものだ。少なくとも、例の神作品を差し置いて薦めるようなものでは絶対無い。

そんなことを考えていると、意外なことに、アマノ君とやらはまさにあたしが思っていた通りのゲーム評価を語り出した。

「あ、そのゲームは、凄く特色あったり、評価良かったり、ヒットしている作品とかじゃないんだけどね」

「え、そうなの？　だったらどうして……」

「えーと……僕が、これ、好きだから、かな？」

「ああ、なるほど。つまり、雨野君みたいなゲーム好きを唸《うな》らせる、通な何かが、この作品にあると、そういう……」

「あ、そういうことでもないよ。他にない特殊な要素とかはホント全然無い、うん」

「えぇ？」「（はぁ？）」

ミスミ君もあたしも、もう、わけが分からなかった。なんなんだコイツは。「自分だけが分かる面白さアピール」とかをして通ぶりたいわけでもないのなら……いよいよ何がしたいんだ。

アマノ君はそんなあたし達の動揺なんてまるで気にした様子も無く、更《さら》に続けた。

「でも好きなんだよね、僕、これ。ホント丁寧《ていねい》に作られていて」

「な、なるほど、そういう細部が凄《すさ》まじく良く出来た傑作なのだと、そういう……」

「あ、別にそこまで言う程のアレでもないんだけどさ」

「え、えぇ……？」

ミスミ君が本気で首を傾げ、そして、当然の疑問を投げかける。

「えっと、だったら、こっちの……凄く評判のいい『神作』をやった方がいいんじゃ……」

「あ、うん、勿論《もちろん》、三角君がそれにとても興味あるって言うなら、全然そっちを優先してくれて構わないんだけどさ。でも……僕的には、三角君に、こういう作品にも注目して貰いたいなって、思ったから」

「それは一体……どういう？」

ミスミ君の……あたしの代弁も含《ふく》んだそんな当然の疑問に。

アマノ君は、頬《ほお》を掻《か》きつつ手の中の『恋するレインボー』を優しげに見つめて……照れ笑いと共に、その結論を述べた。

「天才が作った燦然と輝く傑作もいいけどさ。僕は……秀才《しゅうさい》の作った大衆的な娯楽《ごらく》作だって、同じかそれ以上に価値あるものだと思っているんだ」

「────」

刹那。

あたしの中に、突如《とつじょ》、何かが、突《つ》き刺《さ》さった。

「（あ、やば）」

気付けば、あたしは何故か泣きそうになっていた。慌《あわ》てて必死で涙《なみだ》を堪《こら》え、その場で俯《うつむ》く。

「（なによこれ。なんであたし……こんな……）」

自分の感情が自分で咄嗟《とっさ》に理解出来ず、その場でただただ必死で涙と声を抑える。

そうこうしている間にも、棚越《ご》しに二人の会話は続いていた。

「雨野君って……ボクはてっきり、前一緒《いっしょ》にやった格闘《かくとう》ゲームにみたいに妙《みょう》な特色のあるヤツが好きなのだと思っていたのだけれど？」

「あ、うん、勿論、才気走った神作とか奇《き》作・珍《ちん》作に素晴らしい価値があるのは大前提とした上での話だよ。でも……それでも、やっぱりその『ジャンル』を構成するものの中心にいるのって、突出《とっしゅつ》した一部の例外作品とかじゃないと僕は思うっていうか」

「どういうこと？」

「うーん……説明が難しいけど……。なんだろ、極端《きょくたん》な例出すと、たとえば最近テレビの二時間ドラマ見て少しミステリーにハマった人が『ちょっと推理小説でも読んでみたいかも』って相談してきた時に、いきなり夢野久作《ゆめのきゅうさく》著『ドグラ・マグラ』を渡さないでしょって話かな。いくらそれが才気走った神作と言えどもさ」

「ああ、なるほど、分かりやすいね。けれど……実際それは本当に極端な例だよね？　少なくとも今回僕が手に取ったこの『神作』と、雨野君が今薦《すす》めてくれている『娯楽作』じゃあ、やっぱり『神作』をやった方がボクの得る物は多そうに思えるけれど」

やはりゲーム部というだけあって「得る物」にこそ重きを置くミスミ君。彼のしっかりとした反論に、アマノ君は笑って頬をぽりぽりと掻いた。

「うん、だからそこは最終的にやっぱり好みだよね、でも僕個人としては……『圧倒的神作』って言葉と同じぐらい『普通に楽しめる良作』って言葉にも魅力を感じるんだ。なんかこう、そういう作品って『安らぐ』感じしない？　少なくとも僕はギャルゲーやろうかなって思う時は、そういう『緩《ゆる》い幸福感』こそを求めていることも多くてさ」

「……それもまた、ギャルゲーの醍醐味《だいごみ》、なのかい？」

「うん、僕はそう思うな。だから、少なくとも三角君が『ギャルゲーというものの面白

さ』を知りたいって言うなら、変化球的に面白い例外作とかじゃなくて、王道で、丁寧で、突出してないけどちゃんとストライクに入っている……そういう作品が、いいんじゃないかなって思ったんだ。……まあ、ぶっちゃけ僕がそういうのも好きってだけなんだけど」

そう、はにかみながら語る彼を見て……あたしはようやく、自分が何に動揺したのかに気が付いた。

「(……そうか……あたしってば……彼の発言でうっかり、自分の人生を正面から認めて貰《もら》えた気がしちゃったのか……)」

ただの盗《ぬす》み聞きで自分が認められたも何もないだろうって感じなのだけれど。でも、これは確かに今のあたしに向けられた言葉だと……そう、思ってしまったのだから仕方無い。圧倒《あっとう》的な才能相手に届かなかったこれまでの努力を、人生を、だけどそれも全然無駄《むだ》なんかじゃなかったと言って貰えた気がして。

そして……それはまた同時に、《伝説のエロゲー》探しに必要以上に躍起《やっき》になってしまっていた今日の自分を振《ふ》り返らされることにも繋《つな》がっていた。

自分の右掌《てのひら》をじっと見つめて、ゆっくりと開け閉めしてみる。

「(……気付けば、あたし自身もいつのまにか、《神作》や《例外》ばかりを求め過ぎて、少し視野が狭《せま》くなっていたかも……)」

そしてだからこそ最近、以前はここまで強くなかったはずの恵《めぐ》まれた他者への劣等感《れっとう》……「才能へのコンプレックス」が、強くなってしまっていたのかもしれない。

ゆるく開け閉めしていた手を、今度はぎゅうっと強く握《にぎ》り込む。

今の今まで見下していた気弱青年に思いがけず諭《さと》され、そして救われてしまったことが、悔《くや》しくて、悔しくて。……でも……認めなきゃ、いけなくて。

「(思えば……最初にあたしがハマッたあのライトノベルは……別に、激しく才気走ったところなんてなにもない……けれど『普通』に『丁寧』で『王道』で、だけど『面白くて』『柔《やわ》らかい』……そんな定番のラブコメ作品だったな……)」

懐《なつ》かしくて温かい気持ちが胸に灯《とも》る。……あたしは、どこかの誰《だれ》かが残した《伝説のエロゲー》なんかを躍起になって探す前に、まだまだやるべきことがあったのかも。

そんなことに思いを巡《めぐ》らしていると、棚の向こう側でもなにやら動きがあった。

「……そっか。……分かった。うん。じゃあ……買ってくるよ」

ミスミ君が柔らかい声でそう答え、レジに向かっていく足音が聞こえる。

彼は結局どちらのソフトを買うことにしたのだろうか。それはとても気になる。

けれど……あたしはこの日、結局、ミスミ君の判断を知ることは出来なかった。

なぜなら。

その時あたしの目は既《すで》に、超絶爽《ちょうぜつさわ》やかイケメンのミスミ君ではなく。

「（……なんなのよ、コイツ。このあたしがこんなヤツに……こんなヤツにぃぃぃ！）」

爪《つめ》を強く噛《か》みながら、ただただ一心不乱に軟弱《なんじゃく》主人公野郎《やろう》……「アマノ」の満足そうな横顔を、睨《にら》みつけてしまっていたのだから。

＊

精神的に激しく疲弊《ひへい》しながら帰宅したあたしは、リビングのドアを押し開けつつ、気怠《けだる》く室内に声をかけた。

「ただいまー……」

すると、一人テーブルについて部屋着でスマホをいじっていた姉が視線も上げずに応じてくる。

「おかえりなさーい。今日は遅《おそ》かったね、コノハ」

「ああ、うん、ちょっとね。でもまあ夕食には間に合ったみたいで良かった」

見ればキッチンの方では母が料理の仕上げを行っていた。父は……自室だろうか。リビングとキッチンに姿は見当たらない。

あたしは姉の向かい側の椅子《いす》を引くと、背もたれに鞄《かばん》をかけてから腰《こし》を下ろし、見るとはなしに始まったばかりのクイズ番組を眺《なが》めた。どうでもいい雑学クイズが一問終わったところで、姉がチラリとこちらの様子を窺《うかが》ってくる。

「……着替《きが》えないの？」

「ああ……うん、着替えるけど。ちょっとだけ気力回復休み中」

「コノハがそんなに疲《つか》れるなんて珍《めずら》しい。生徒会、大変なの？」

姉がスマホをテーブルに置いて心配げに見つめてくる。あたしはその顔に温かな安らぎをおぼえた。

この姉ときたら……普段《ふだん》は色々ぽんこつで、実際学力やら運動能力やらは全般《ぜんぱん》的にあたしが勝っているのだけれど、なのにやっぱり最後にはちゃんと姉していて。あたしはただそれだけで、凄《すご》く救われていて。

だからいつもはそれ以上わざわざ具体的な愚痴《ぐち》を零《こぼ》すこともないのだけれど……今日は不思議と話したい気分だった。が、勿論、エロゲー趣味《しゅみ》は家族にも内緒《ないしょ》だ。

あたしは姉に向き合って今日の不快だった出来事を漠然《ばくぜん》と話してみる。

「ええと……なんて言えばいいかな。そう、今日、物凄く相性《あいしょう》の悪い人に会ってしまったんだよね」

「え？　そうなの？　奇遇《きぐう》だね。色々癪《しゃく》だから言ってなかったけど、こっちも最近そうい

「へぇ、そうなんだ。人見知りするお姉ちゃんが珍しい……。あー、いや、でも、こっちは相当だよ。なんていうんだろう、根本的に感性が合わないならまだしも……微妙《びみょう》に共通しちゃっているところが余計に憎《にく》たらしいというか」

「わ、ホントに奇遇。こっちもこっちも」

姉が前のめりになってくる。あたしも気が乗ってきて、身を少し乗り出す。

「それの何が一番腹立つって、若干その考え方に感心しちゃう部分もあることで……」

「そうそう！　そうなの！　心底駄目《だめ》駄目な部分だらけのくせして、時折ほんのちょっとだけこちらの考えの上行ったりするからまた腹立つんだよね！　分かる！」

「だよね！」

まさか姉とここまで話が盛り上がるとは。あたしがいよいよ勢いづいて椅子から立ち上がると……その瞬間《しゅんかん》、背もたれにかけていた鞄が床《ゆか》に落ちてしまった。ジッパーを開けてしまっていたため、中身がどしゃりとぶちまけられる。散乱する教科書やノート。そして、それらに紛《まぎ》れてフローリングの床を滑《すべ》ったのは……。

「（あ、しまった！）」

あるモノに気付いたあたしは慌てて片付けを始めるも、しかし、時既に遅し。

「あれあれ、このソフトなぁに？」

「あ、こら、お姉ちゃん！」

こういう時だけ妙に動きの速い姉に、先に「それ」を回収されてしまう。

取り返そうとするあたしの手をひょいとかいくぐりつつ、タイトルを読み上げる姉。

「えとえと……『恋《こい》するレインボー』？　コノハって、こういうの好きだったっけ？」

「ち、違《ちが》っ！　か、借りたの！　そう、友達に！」

「え？　でもまだビニールに包まれているから新品っぽいけど……」

「ぐ……!?」

い……言えない！　結局アイツの言葉に影響《えいきょう》されて、このソフトを買ってしまっただなんて！　そんなまるでツンデレみたいな自分の行動、絶対説明したくない！　死んでも言いたくない！　ああ、なんか既に頰《ほお》が熱いし！　は、早く取り返さないと！

そう焦《あせ》れば焦るほど、しかし普段はトロい姉は見事にあたしの猛攻《もうこう》をしのぎ、意地悪な笑顔でリビングを逃《に》げ回る。

「おやおやぁ、コノハがそんなに焦るなんて、珍しいですねぇ～？」

「く……ほ、ほら、いいから返して、ね？　お姉ちゃん？」

「んー、どうしますかねぇ？」

イラッ。

ポンコツ姉の上機嫌《じょうきげん》さにいい加減ムカムカ来たあたしは……遂《つい》には普段の優等生で完璧《かんぺき》な妹の仮面を脱《ぬ》ぎ捨て、若干素《す》を出しながら……叫《さけ》ぶ。

「か……返しなさいよっ――――チアキお姉ちゃんっ！」

私立碧陽学園第三十七代生徒会長――星ノ守心春《ほしのもりこのは》。

彼女の受難は、まだまだ、始まったばかりである。

【上原祐《うえはらたすく》と半生ゲーム】

雨野《あまの》と亜玖璃《あぐり》が結婚《けっこん》した。

二人が大学を卒業してすぐの出来事だった。

俺達は皆《みな》一様に祝いの言葉を口にし、二人の新たな門出を祝ったが——当然ながら、実際のところ皆内心は複雑だった。

フリーターの星《ほし》ノ守《もり》は宿敵たる雨野へご祝儀《しゅうぎ》を差し出すことをいたく渋《しぶ》ったし、天道《てんどう》と俺はといえば……金にこそ困っていなかったものの、互《たが》いの想い人の結婚に、流石《さすが》に得意の作り笑顔も引き攣《つ》る始末。

いや、ぎこちない笑顔という意味では、結婚した当の本人達だってそうだった。

二人はどこか気まずそうな視線を俺や天道に送りつつも、最後には二人で見つめ合い、なにやらとても仲よさげにこそこそと小声で喋《しゃべ》り始める。

「………馬鹿《ばか》じゃないの、あまのっち……！」

「しょ、しょうがないでしょうよ……！　そういうアレなんだから……！」

そんな二人の仲睦《むつ》まじい様子を、ジトーッと見守る俺・天道・星ノ守。そんな視線に気付いて、ようやく二人でこそこそ喋るのをやめ、咳払《せきばら》いする新郎新婦《しんろうしんぷ》。

そんな愁嘆場《しゅうたんば》が繰《く》り広げられたのは、あの音吹《おとぶき》でのすれ違《ちが》い高校生活から数年後、とあるホテルの披露宴《ひろうえん》会場——などではなく。


夏休みに入ってすぐの、星ノ守家リビングルームであった。

『………』


お通夜みたいな空気で長テーブルを囲む五人の男女。そのテーブルの中央に鎮座《ちんざ》ましましているのは……人生シミュレーション型ボードゲームだ。

窓の外からはジリジリと蟬《せみ》の鳴く声。星ノ守家の冷房《れいぼう》が空気の重さを察したのか自動運転を始め、室内にひやりとした冷気が流れ込み始める。

俺は自分の麦茶を手に取ると、カラカラと氷を鳴らしながらコップを傾《かたむ》けつつ、ちらりとこの状況《じょうきょう》を改めて窺《うかが》った。

昼下がりのリビングルーム。テーブルの窓側長辺には雨野と亜玖璃が並んで座り、その正面には俺と天道が座っている。上座《かみざ》の短辺には家主《やぬし》たる星ノ守。

「(……まあそもそも、カップル同士が対角線に座すという席配置の時点で色々間違《まちが》っているのだが）」

普通《ふつう》なら俺と亜玖璃、雨野と天道で隣同士《となりどうし》に座るか、もしくは互いに正面に来るよう配置すべきなのだが……星ノ守家を訪れてすぐに、例の──「皆が皆、座る場所に関して気を遣《つか》ったり戦略を練ったりしすぎた結果、なぜか誰《だれ》もが予期しない事態になる」という俺達らしいアレが発動し……結果、こんなことになっていた。

しかし……こんなことで今日の俺はいちいちめげてなどいられない。なぜなら……。

「……ふぅ」

俺は自分の麦茶をテーブルにタンッと置くと。

無理やり笑顔を作り、このいたたまれない空気を立て直しにかかった。

「さ、さぁ、続けようぜ、この──《ラブラブ半生ゲーム》を！」

勘違《かんちが》いは、当事者達が一堂《いちどう》に会《かい》して話し合うことで、簡単に解消出来る。

そんな当たり前の理屈《りくつ》には……まあぶっちゃけ大分前からとっくに気付いていたこの俺、上原祐なのだが。

実際問題として、この五人が集《つど》うという状況には元々多少の無理があった。

そもそも、これまでこの五人が集まれなかった理由は大別して二つ。

天道と俺達の間にあった微妙な距離《きょり》感と、五人全員をうまく結びつけられる「核《かく》」となるイベントの無さだ。

天道は元々、俺達と同好会仲間でもなければ、友達と呼べる程の知り合いでもなかったし。たとえそこをクリアしても、やはり基本はこの五人という面子《メンツ》でわざわざ集まる理由が皆無《かいむ》だった。

だが、その二点こそが、ここ最近……夏休みを前にして、立て続けに解消された。

まず一番大きかったのは、やはり雨野と天道が正式に付き合うことになったことだ。これにより、俺達と天道の間に明確な繋《つな》がりが出来た。雨野の恋人《こいびと》として、雨野の友人達との遊びに参加するのは何も不自然なことじゃなくなった。

こうなると、後の問題はこの五人を集める理由……イベントの企画《きかく》となるが、実際ここで一番問題となってくるのが、亜玖璃だった。彼女を除く四人ならば「ゲーム」を中心とすればなんとかなる。が、亜玖璃にその手の知識や技術はからっきし。当然ながら一緒《いっしょ》のレベルで遊ぶのが通常は困難だったわけだが……。

そこに出て来たのが、この超特殊《ちょうとくしゅ》なイロモノ系ボードゲーム……《ラブラブ半生ゲーム》だった。

「あのあの、うちの妹がなんか急に学校から持ち帰ってきたんですよ。経緯《けいい》は良く分からないですけど、妹曰《いわ》く『た、宝探しの副産物といいますか……』らしいです。ちょっと意味が分からないです。ただ、実際面白そうではありまして……」

と、ある日のゲーム同好会中に星ノ守が雑談の一環《いっかん》として切り出して来たのだ。

俺は、これに一縷《いちる》の光明《こうみょう》を感じた。これなら、亜玖璃も巻き込めると考えたのだ。

この《ラブラブ半生ゲーム》、基本的にはルーレットを回して進むだけのすごろくだから技術は関係ないし、しかしそれでいて起こるイベントは特殊性に溢《あふ》れており、いい意味で事前ゲームリテラシーが全く役に立たない。なによりゲーム好きながら友達の少ない星ノ守・雨野コンビがうずうずとやりたがっている様子が見られたため……俺はここぞとばかりに全員に必死で声をかけ、そうして……遂に、本日。

こうして、星ノ守家でこの五人が一堂に会すところまでこぎつけたわけで……。

「じゃ、じゃあ……次……亜玖璃の番、だよね。や、やるね」

そうどこか緊張《きんちょう》した様子でルーレットに手を伸《の》ばす亜玖璃。そのまま必要以上に勢い良く回されたルーレットの行く末を見守りながら俺はこれまでの流れを回想し、そして、表情は笑んだままで内心ひっそりと溜息《ためいき》を吐《つ》いた。

「(一体何がいけなかったというんだ。大きめのボードゲームは持ち運びが面倒《めんどう》そうだからと、星ノ守家が会場になったのは……順当だよな。席配置がこうなったのも、まあ、変に仲良し同士だけで喋る事態にならないという意味では、全然アリな範囲《はんい》だ。《ラブラブ半生ゲーム》のルールだって基本はルーレット回してイベントこなすだけだから、全員が単純に楽しめて会話の余裕《よゆう》まで出来てるあたりは非常に良し。……そう、俺のお膳立《ぜんだ》ては、本当に完璧と言って良かったはずなんだ。なのに……………なのに……！）」

もやもやと考えているうちに、亜玖璃のルーレットが止まる。3。亜玖璃のコマであるピンク色の車が三マス進む。そうして止まったマスのイベント内容は……。

〈新婚《しんこん》生活はラブラブで絶好調！　ハネムーンで子宝を授かる！　夫婦ともに、皆からお祝い金三千円を貰《もら》う〉

「（やってられるかぁぁあっぁぁぁああああああああああああああ！）」

俺は心の中で血の涙《なみだ》を流しながら、表面的には笑顔で雨野と亜玖璃に三千円ずつ渡《わた》す。序盤《じょばん》でフリーターになってしまったが故《ゆえ》単純に金が無い星ノ守は二人を憤怒《ふんぬ》の形相《ぎょうそう》で睨《にら》みつけ、現実では雨野のカノジョたる天道は……俺と同じく、何か含《ふく》みのある笑顔で、雨野に三千円渡していた。更《さら》には受け取る雨野と亜玖璃も、全員とまるで目を合わせない。

「アグリさん……！　どうしてこのタイミングで子供なんか……！」

「で、出来ちゃったものは仕方ないじゃん！　あ、あまのっちにも責任あるんだよ！」

またなにやらヒソヒソと喧嘩《けんか》を始める二人。が、今の俺や天道からすれば、そのやりとりがむしろ心に刺《さ》さる。二人は俺達の視線に気付くと、こほんと咳払いした。が、そのタイミングもトーンも無駄《むだ》にぴたりと一緒だったものだから、いよいよもって、ガチで新婚感が出て来る。……なんだこれ……。

今のイベントに対する金銭の授受やら両替《りようがえ》が終わるのをぼんやり見守りながら、俺は今一度この企画の敗因を考える。

「(……まぁそもそも、この《ラブラブ半生ゲーム》にも多少問題あったかもな)」

この一連のくだりをご覧頂いてお分かりなように、ゲーム序盤戦は一事が万事《ばんじ》この調子だった。学生パートでは雨野と亜玖璃の交際が始まってしまい。就活パートではこの五人中唯一《ゆいいつ》現実にパートナーがいない星ノ守だけが職にもあぶれてしまうという、なんだか俺達としてはどうリアクションしていいか分からないいたたまれない展開になり。……そして遂に迎《むか》えた結婚イベントの結果が……こんな感じ。

この手のゲームは大概《たいがい》、結婚イベントがあっても、プレイヤー同士がどうこうではなく、単純に伴侶《はんりよ》を示す人型ピンが車に乗る程度のことだ。なのにこれは……流石ラブラブと付くだけあって、こういう変な配慮《はいりよ》が多分に入っている。恐《おそ》らくは合コン等でやると盛り上がる類《たぐい》のそれなのだろう。しかしこのメンバーの今の関係性でやるのは……。

「(このイベントで結婚したのが俺と亜玖璃だったり、雨野と天道だったら別に何も問題なかったのだから……やはり俺達の『すれ違い運』にも敗因があるか)」

今更《いまさら》ながらに、なぜこのボードゲームをチョイスしてしまったのかと後悔《こうかい》する。五人集まれるということの方に意識が行きすぎていて、その内容と自分達の相性《あいしょう》までは考えが及《およ》んでいなかった。……痛い。

「で、では、次は私の番ですね。……こほん」

天道が何かを仕切り直すように咳払いして、ルーレットを回す。……現状一番マスが進んでいるのが彼女だ。が……先の結婚イベントマスで、このゲームだと本来十分の一たる確率でしかないイベント「結婚せず仕事の道を選ぶ。収入は二倍になる」というのを引き当ててしまい、結果、天道花憐《かれん》は金も進行度もトップながら独り身という、なんだかこう、妙《みょう》に似合っていて俺達もツッコミ辛《づら》い人生を進んでいらっしゃった。

天道のルーレットが止まる。8。結婚イベントから分岐《ぶんき》した独り身用コースを、まるで生き急ぐかのようにぐいぐい進む黄色の車コマ。

「ええとイベントは……〈片想い相手だった異性が結婚。より仕事に精を出すようになる。臨時収入五万円〉……ね。……あはは、私、なんだか凄《すご》くお金持ちー……」

『…………』

天道の作り笑顔から、皆、さっと視線を逸《そ》らす。……いたたまれない。成績的には断トツなのに、なんでだろう……ホントいたたまれない。

天道のターンが終わり、俺のターンがやってくる。ルーレットを回す。3。コマを進める……と。

「おっと、結婚マスだ」

二つ進んだ所で止まる俺。結婚マスはルーレットで何が出ていようと、全員そこで一度止まってイベントをこなさないといけない。これまたルーレットで色々決まるのだが、内容は大別して三つ。プレイヤーの誰《だれ》かと結婚するか、通常のNPC的なゲーム内だけの結婚相手が出来るか、もしくは……天道みたいに独り身になるか。で、ルーレットの具体的内訳取り決め方法はプレイ人数などによりその時々で複雑に変動するから詳《くわ》しい説明は省くが、俺の現状では……。

「(10まであるルーレットのうち、1・2が出たら亜玖璃。3・4で星ノ守。5・6で天道と結婚。7・8・9がNPC枠《わく》で、10は独り身、か)」

ちなみにこの結婚ルーレットは《絶対》であり、なおかつ《引き寄せ効果》を持つ。つまり今俺が天道と結婚したら彼女はトップから俺のところまで引き戻《もど》されて結婚コースで再スタートだし……それよりなにより。

「（ここで俺が亜玖璃を出せば……略奪《りゃくだつ》が成立だ！）」

これがこのゲームの面白いところというかドロドロしたところで、俺が亜玖璃の目……1か2を出した場合、亜玖璃は俺と再スタートを切り、雨野は独り身コースに転落となるのだ。……俺としては正直、これが狙《ねら》いたい。色んな意味で。

俺は万感《ばんかん》の思いを込めてルーレットを勢い良く回した。1か2！　1か2来い！

長い回転時間。しかしてその結果は……。

「……4。つまり、ほ、星ノ守と結婚……」

「わ、わわ、きょ、恐縮《きょうしゅく》です……」

最下位で燻《くすぶ》っていた星ノ守が結婚イベントマスまで引き寄せられてくる。頰《ほお》を染めながら俺のコマの横に自分のコマを置く星ノ守。……ぐ、亜玖璃の視線が痛い。どうしろと。

俺にどうしろと！

「で、ではでは、次は自分の番ですね！　えい！」

少し興奮気味の星ノ守がルーレットを回す。そうして彼女が叩《たた》きだした数字は……。

「2、です。えとえと……〈パートナーが浮気《うわき》。浮気相手に慰謝料《いしゃりょう》を支払《しはら》う事態に。夫婦共に五千円マイナス〉……です、か。…………」

ごそごそと……五千円を銀行（全体的な金の保管所）に戻す俺と星ノ守。……なんだ、妙に視線が痛いぞ。特に亜玖璃と天道から、俺がガチで浮気したみたいなテンションの攻撃《げき》意思を感じる。なんだこれは。また星ノ守が本気でしょんぼりしやがるもんだから、罪悪感がハンパない。脂汗《あぶらあせ》が止まらない。……お、俺、何か悪いことした？

「つ、次は僕だね！　さ、さぁ、どうなるっかなー」

雨野がなにやら場を仕切り直すように、似合わないテンションのおどけた声をあげ、俺から自分自身へと注目を集める。……雨野……お前、なんだかんだ、いいやつだな……。

しかも雨野のヤツ、皆《みな》がテンションに任せて全力でルーレットを回しまくる中、一人、時間を気にしてか出来るだけ弱くひっそりと回していた。……なんかこういうところが、ホント雨野だ。

そうして、雨野の出した目は――

「5。えーと……なになに……〈ラブラブ新婚生活はもうホント最高潮！　なんだかんだでベッドが壊れる《こわ》。夫婦共に六千円マイナス〉って……」

――本人の謙虚《けんきょ》さに反してゲームの中では中々の絶倫《ぜつりん》野郎《やろう》だった。カァッと頬を染めながら、俯《うつむ》きつつ、しずしずと銀行係の星ノ守に六千円支払う雨野と亜玖璃。亜玖璃が雨野を肘《ひじ》で小突《こづ》く。

「あまのっち、もうちょっと色々控《ひか》えてよ……！」

「ひ、控えてってなんですか！　知りませんよ！　僕はただ普通《ふつう》にやっているだけで」

「うわ、あまのっち、サイテー！」

「い、いや、今の『やっている』っていうのはそういうんじゃ――」

『こほん！』

俺と天道と星ノ守の咳払《せきばら》いが重なる。二人は『すいません……』と俯く。……なんなのこれ。俺、これをどういうテンションで見てたらいいの、ねぇ。

続いて、亜玖璃が無言でルーレットを回す。２。と、偶然《ぐうぜん》にも雨野と全く同じマスへ進む亜玖璃、当然イベントも――。

〈ラブラブ新婚生活はもうホント最高潮！　なんだかんだでベッドが壊れる。夫婦共に六千円マイナス〉

『…………』

皆が完全に無言になる中、二人、真っ赤を通り越《こ》して真っ青になりながら六千支払う悲しい絶倫夫婦。……もういっそ憐《あわ》れだ。嫉妬《しっと》する気も失せてくる。

次、相変わらず絶賛トップを走る天道がルーレットを回す。結果は９。内容は……。

〈意中の人は振《ふ》り向いてくれないのに、顧客《こきゃく》にはやたらモテる。十万の臨時収入〉

「…………わーい……」

俺はこんなに元気の無い「わーい」を人生で初めて聞いた。一人トップを独走し金を貯め込む金髪《きんぱつ》才女。心なしかゲーム開始時よりやつれている。こいつは、多少なりとも雨野が絡《から》むと途端《とたん》に残念にならなきゃいけない星の下にでも生まれてきたのだろうか。

隣《となり》のブロンド女のダークオーラを肩《かた》に感じながら、俺はおずおずとルーレットを回す。

「ええと……7。内容は……〈パートナーの妹（弟）と浮気。刃傷沙汰《にんじょうざた》に発展、一回休み〉……って……」

俺に鋭《するど》い視線が集まる中、突然《とつぜん》、リビングから続く廊下《ろうか》の方でバタンバタンとドアの開閉音が鳴る。思わずビクゥッと肩を震《ふる》わせる俺。星ノ守が「ああ」と暢気《のんき》に告げる。

「妹がトイレに行ったんでしょう」

「い、妹さん、今家に居たのかよ……？」

俺が冷《ひ》や汗《あせ》を掻《か》きながら訊《たず》ねると、星ノ守は苦笑いでそれに応じた。

「す、すいません、挨拶《あいさつ》ぐらいしてよと言っておいたんですけど……。そのその、『今日は人に見せるようのモードじゃないから』とのことで、部屋に引きこもってまして」

「そ、そうか……」

……姿は見えなかったが、アレに刺される可能性あるのか、俺……。……い、いや、それはゲームの話であって、実際には全く関係ないじゃないか。うん。……だけどなぜだろう、まだ顔も見ていない星ノ守の妹さんに、既《すで》に強い恐怖《きょうふ》を抱《いだ》いている俺がいるぞ。

皆がドアの曇《くも》りガラス越《ご》しに奥の廊下へと視線をやる中、妹から意識を逸らそうとしてか、星ノ守が咳払いをしてルーレットに手を掛《か》ける。

「じゃ、じゃあ、やりますよ。えい！」

カラカラと回るルーレット。指し示した数字は7。進んだ先の目は……。

「えとえと……〈本当に心が通《かよ》った人は別にいたと自覚。その人との運命的な繋《つな》がりまで知ってしまい、心が揺《ゆ》れる。仕事が手につかず三千円失う〉……ですか。……ふーむ、なんだかピンと来ないイベントです」

首を傾《かし》げつつ三千円支払う星ノ守。雨野や天道、亜玖璃もこれには大したリアクションも無い中……ただ一人、俺だけは上手《うま》く笑えずヒクヒクと引き攣《つ》っていた。

「（なんだこのピンポイントなマスはぁあああああああああああああああああ！）」

めっちゃ核心突《かくしんつ》いてんじゃん！　突いてんだけど、俺しか分かんないから皆リアクション薄《うす》っ！　いやマジ凄《すげ》えんだって！　鳥肌《とりはだ》モンのマスに止まってんだって今、星ノ守！　もっとこのミラクルを讃《たた》えていいんだって！　なのに……。

「ははっ、チアキにそういう乙女《おとめ》チックな展開、似合わないなー」

「うっさいですよケータ。貴方《あなた》にだけは言われたくないです」

ホントだよっ！　なんなんだよお前ら！　この核心突いたイベントをネタにじゃれ合ってんじゃねえよ！　気付けよ！　いや無理な話だけど！　ああっ、もう！

と、雨野が突然俺の方を心配げな眼差《まなざ》しで見つめて来る。

「？　あれ、どうしたの上原君。そんな、まるで自分だけ知っている何かを告白したくて、だけど言うわけにもいかず……みたいな酷《ひど》くむず痒《がゆ》い顔しちゃってさ」

「相変わらず無駄《むだ》に鋭《するで》ぇなお前！　なんなの⁉　超能力《ちょうのうりょく》者なの⁉　いや、でも、もういいよ！　なんでもねぇよ！　勝手にしろよ！　先に進めろよ、とっとと！」

「な、なんで怒《おこ》られてるのか分からないけど、わ、分かったよ。進めるよ」

納得いかない表情で、しぶしぶとルーレットに手をかける雨野。相変わらず弱々しくルーレットを回す。出た数字は……4。

「おっと、偶然にもチアキと全く同じマスだ。なんだよ、つまんないの――」

「運命すぎんだろうがよぉおおおおおおおおおおおおおおおおおおおおおお！」

『⁉』

いよいよたまらず立ち上がって叫《さけ》んでしまった俺に、皆がドン引きする。丁度トイレから出て来たらしい妹さんまで、びくっと立ち止まったのが曇りガラス越しに分かった。

俺はこほんと咳払いして、着席する。

「……なんでもない。進めてくれ」

「え、ええ？　あの、上原君。その……本当に何か言いたい事あるなら……」

ガチで心配そうに俺を見る雨野。……うん、正直状況《じようきよう》的には大分うざいけど、こいつ、本当にいいヤツなんだな。マジで俺を心配してるんだな。でも……。

「(……今、言うわけにはなぁ……)」

相変わらずの運命的なものを見せられて思わず激しいリアクションを取ってしまったけれど……今となってはやはり、知らせるべきじゃない情報だこれは。

「(まがりなりにも天道と雨野が付き合い始めた以上、いよいよこの情報って誰のためにもならねぇわな……)」

誰とくっつくかも分からないラブコメ未満状況だった以前なら、傍観者《ぼうかんしや》として心から面白がるだけでいられた。けれど今この情報を明かすという行為《こうい》は、幸せそうな雨野と天道の間に無駄にさざ波を立てるだけでなく、更《さら》には星ノ守にも……。

「(……ん、やっぱここは秘密を漏《も》らさねぇように気を引き締《し》めねぇとな)」

俺はそう決意を改めると、へらへらと笑って誤魔化《ごまか》しにかかる。

「悪《わり》ぃ悪ぃ。この五人で遊べるのが楽しくて、なんか変なテンションになっちまっただけだ。忘れてくれ」

「そうなの？　まあ僕もその、こういうの初めてで凄《すご》く楽しいけどさ……」

照れたようにはにかんで告げる雨野。どうやらこいつを始めとして、天道や星ノ守も納得したらしい。が、亜玖璃だけは、未だに怪訝《けげん》そうに俺を見つめていた。

「(……やっぱ、こういうとこ、伊達《だて》に半年付き合ってねぇわな……)」

ここ最近はすれ違《ちが》いが多かったが……やはり、彼女には色々見抜《みぬ》かれているようだ。俺の様子がおかしいのを、亜玖璃だけは分かっているらしい。もしかしたら、雨野と星ノ守のことに関する秘密情報を俺が握《にぎ》っている、ってあたりまで見抜かれたかもしれない。が、亜玖璃という人間は……。

「あ、じゃあ、次、亜玖璃だね！　さぁて、どうなるかなー」

まるでそんなことおくびにも出さず、ゲームを進行させる。……俺はいつも彼女をアホだアホだと思って来たけれど、本当はこいつ、恐《おそ》ろしく頭のいい……というか、気の利《き》く女なのかもしれない。……やばい、惚《ほ》れ直す。

「おっと、8だ！　やったね一杯《いっぱい》進んだよ！　ええとなになに……〈以前付き合っていた異性に言い寄られる〉……きゃっ、なにそれぇ」

ちらりとこちらを見る亜玖璃。俺も満更《まんざら》じゃない笑顔でそれに返し――

「続きは……えと〈が、今のパートナーへの愛は微塵《みじん》も揺らがない！　キッパリと元カレ

（カノ）の誘惑《ゆうわく》を断ち切り、愛を再確認！　更に子供が増える！〉……。……」

「………」

自分の車コマに子供ピンを無言で乗せる亜玖璃。雨野をギロリと睨《にら》みつけるが、実際雨野だって睨まれる謂《いわ》れは無い。強い意志で亜玖璃を睨み返す雨野。……が、それがかえって、二人で熱く見つめ合っているようにも見えるわけで……。

「こほん！」

天道が大きく咳払いしたところで、二人は視線を離《はな》した。

「次は私ですねー」

天道がニコニコと不気味な笑みでルーレットを回す。数字は、ここに来てまさかの10。一人ぐんぐん俺達を置き去りに先へ行く天道。イベントは……。

〈偉《えら》い人になる。金貰《もら》う。十万プラス〉

「雑すぎないですか⁉」

いよいよもう、ただ金と名誉《めいよ》を得るだけの人生と化していた。なにこれ。独り身コースへの差別が酷い。流石《さすが》は〈ラブラブ半生ゲーム〉だ。ただ金と名誉だけは断トツで得ているあたり、なにやら奥が深いというか、根が深いというか。が、少なくとも、浮気《うわき》やら刃傷沙汰だらけの結婚《けっこん》生活営《いとな》んでいる俺よりはマシな人生だろう。

次は俺のターンだが、先程の刃傷沙汰イベントで一回休みなので、飛ばして星ノ守。

だが……。

「あっと、すいません、なにやら妹が呼んでいるようなので……」

言われて廊下の方を見てみると、なにやらドアの曇りガラスの向こうで妹さんと思《おぼ》しき人影《ひとかげ》が軽く手を振っている。ならば一旦休憩《いったんきゅうけい》だなということになり、星ノ守が立ち上がると同時に皆それぞれに背筋を伸《の》ばしたり肩をほぐしたりし始める。

「どうしたの、コノハ」

廊下の方に声をかけながら出て行く星ノ守。妹さんの姿はドアの開閉時にちらりと見えかけたものの、ラフな部屋着と妙《みょう》に男好きしそうな体つきが分かったのみで、顔が星ノ守に似ているかどうかは分からなかった。他のメンバーもそれは同様らしい。

「チアキの妹さん、興味あったんだけどなぁ……」

「む、それはどういう意味でしょう、雨野君」

にこぉと微笑《ほほえ》む金髪美女。雨野はびくんとそれに怯《おび》え、あせあせと言い訳を始めた。

「い、いや、変な意味じゃなく、単純に顔が似ているかとかそういうアレです、上官！」

「へぇ、そぉ……」

『(……上官？)』

俺と亜玖璃はそのワードに引っかかりを覚えたものの、なんとなく、聞いちゃいけない類《たぐい》のディープなプレイの一環か何かだとアレなので、深く追及《ついきゅう》しないことにした。

なんとなく場に沈黙《ちんもく》が降りる中、廊下から姉妹のやりとりがぼんやりと聞こえてくる。

『……っていう、表題的にアレなメールが着信したって、ブラウザに通知が出てたからさ。流石に内容までは勝手に開いてないけど、一応お姉ちゃんに知らせとこうかと』

『ええっ、そうなんだ。気になるから見るだけ見て来ようかな……って』

そこで星ノ守が言葉を区切る。と同時に、こちらではテーブルの上に置いた雨野のスマホがブルッと一瞬《いっしゅん》だけ震えた。雨野がそれを手に取り確認する中、廊下からは再び漏《も》れ聞こえて来るやりとり。

『ん、お姉ちゃんのスマホが鳴るなんて珍《めずら》しい……って、ああ、なんだソシャゲのプッシュ通知か』

「え」

と、雨野がスマホから不思議そうに顔を上げる。俺達が何かと思っていると、また廊下側から星ノ守の説明が聞こえる。

『あ、うん、今突発《とっぱつ》イベントが頻発《ひんぱつ》する期間中で、早くこなさないとなんだけどね……』

「あれ、それって僕と同じ……」

自分のスマホと廊下側を交互《こうご》に見る雨野。ことここに至って……天道や亜玖璃に先んじて、俺にだけは、状況が理解出来た。

「(そうか、同じソシャゲで繋がってんだから、そりゃイベント通知も同時に来るわな)」

考えてみれば至極《しごく》当然のことなのだが、問題は……。

俺は思わずガタッと椅子《いす》を鳴らす。

「(っと、やべぇ、このまま星ノ守と雨野がソシャゲ会話に雪崩込《なだれこ》んだりしたら……!)」

互《たが》いの運命的繋がりに気付いてしまうかもしれない。俺の中に緊張《きんちょう》が走るも、しかし、どうやらそれは無用な心配のようだった。

曇りガラス越《ご》しに、廊下側に動きが出る。

「でも、メールも見たいし、皆《みんな》を待たせるのもアレだし……」

『あ、じゃああたしが、それこなしといてあげるよ。たまに画面見ていたから大体流れ分かるし』

『そ、そう? じゃあお願いです。自分、メール見るので』

『あいよー』

言いながら、姉妹で部屋に入っていく。……どうやら、今すぐ雨野と答え合わせをどうこうということはなさそうだ。

ちらりと雨野の様子を窺《うかが》う。一瞬名残惜《なごりお》しそうにしていたものの、星ノ守の言うように突発イベントの時間制限がきついせいか、すぐに意識を切り替《か》えてスマホをいじりだす。

……どうやら、上手《うま》いこと色々忘れてくれそうだ。

俺がホッと胸を撫《な》で下ろしていると、天道が席を立って、テーブルを回り込み、雨野の背後からひょいっと画面を覗《のぞ》き込んだ。

「へぇ……前は食《く》わず嫌《ぎら》いしちゃったけど、案外アクション性ある戦闘《せんとう》するのね」

「はいっ、そうなんですよ！　っと、すいません、今ちょっと説明の余裕《よゆう》なくて」

「ああ、気にしないでプレイして。雨野君の激闘《げきとう》、勝手に見てるから」

「う、緊張するなぁ」

苦笑いしながらも満更ではない様子でゲームを続ける雨野。それを見ながら、亜玖璃もまたそっと席を立って、俺の方へと回り込んで小声で話しかけてきた。

「……ねぇ、祐。あの二人、いつの間にか結構いい距離《きょり》感になってない？」

「確かに」

同じスマホの画面を覗き込む現在の二人は、物理的にも距離が大分近い。以前の雨野なら、天道にあんなことをされたら、動揺《どうよう》して会話にもならなかったはずだ。それが……今は単純に天道に自分の好きなゲームを薦《すす》められるのが嬉《うれ》しくて仕方ないという様子で、活き活きとしている。……本来の雨野のままで、天道とちゃんと接している。

亜玖璃が、これまであまり聞いたことのない、なんだか柔《やわ》らかい声をあげた。

「……あまのっちが報《むく》われて、なんだか凄く嬉しいよ、亜玖璃も」

「……そう、か」

「祐はそうでもない？」

「い、いや、そんなことはないさ。ないけど……」

俺だって雨野の進歩は嬉しい。けれど、アイツに亜玖璃がどういう意味であれ温かい眼差《まなざ》しを向けていると、胸がズキズキと痛む。

……いつもならば、この痛みは胸に秘めたまま耐《た》えるのみだ。けれど今日は……。

「（……ちゃんと話して、勘違《かんちが》いを多少なりとも解くために来たんだろ、俺！）」

ぐっと拳《こぶし》を握り込み、決意する。

そうして俺は……雨野と天道を温かく見守る亜玖璃に、思い切って訊《たず》ねてみる。

「亜玖璃は……亜玖璃は、その、雨野のこと、どう、思っているんだ？」

「へ？　あまのっちのこと？　どうって……」

亜玖璃は不思議そうに首を傾《かし》げたのち、「んー」と考えると。

その直後、まるで曇りのない……いつもの、俺の知る亜玖璃の笑顔で、答えてきた。

「すごい手のかかる弟って感じかなぁ。あー、だからヤツがカノジョ持ちになった今、若干《じゃっかん》うざくもあり、それでもまあ……やっぱ基本めでたいなぁって思ってるよ」

「…………そう、なの、か」

その言葉にはまるで嘘《うそ》が感じられず……まさに、それこそが、亜玖璃の素《す》の本音《ほんね》だということが一目瞭然《いちもくりょうぜん》で。

「…………っ」

俺は思わず俯《うつむ》く。……自分が恥《は》ずかしかった。勝手に亜玖璃の雨野に対する感情を憶測《おくそく》で決めつけ、勝手に嫉妬《しっと》し、勝手に泥沼《どろぬま》にはまっていた自分が。カノジョを信用していなかった滑稽《こっけい》な自分が。

無意識に亜玖璃の手をぎゅうっと掴《つか》む。途端《とたん》、亜玖璃がわたわたと顔を赤くした。

「え、な、なに、祐、どしたの？」

「いや……なんでもない。カノジョの手を握って、悪いか？」

「や、わ、悪くないっていうか、歓迎《かんげい》だけど……。……天道さんの前だし……」

「天道？　なんだよそれ、全然関係無いじゃねーか」

「え？　そ、そうなの？　そ……そうなんだ。関係ないんだ……天道さん。そっか」

なぜだか急に嬉しそうにはにかむ亜玖璃。……よく分からんが、とりあえず、うちのカノジョが世界一可愛いことだけは確定した。

亜玖璃の手を握っていると、ここしばらく無かった充足感《じゅうそく》が俺の胸を満たす。

そうしてしばし二人、著しい《いちじる》幸福感の中でぽわぽわとしていると、イベント戦闘を終えたらしい雨野が「ふぅ」と声を上げた。

「危なかった……たまたまフレンドさんが同時にプレイしてくれていなかったら、絶対勝てなかったなぁ、これ……」

彼がそう感慨《かんがい》に耽《ふけ》る中、廊下の方からはドアの開閉音。どうやら星ノ守が戻《もど》って来るようだ。

雨野のスマホを覗き込んでいた天道が訊ねる。

「ああ、フレンドって、この、《MONO》さんって人のこと？」

「あ、はい、そうです。なんだか少しいつもと動きが違《ちが》った気がしますけど、でもやっぱり今日も最後には凄《すご》く呼吸が合いましたし。ホント、色んな意味でありがたいフレンドさんなんですよ。たまにメッセージもくれるんですけど、これも凄く心の支えで」

「へぇ。ネット上には、そこまで仲の良い人がいるのね、雨野君って」

「う……リア友がいない代わりみたいで、お恥ずかしい限りです……」

照れ照れと頭を掻《か》く雨野。ガチャリとドアが開き、星ノ守が顔を出す。何もかもがどうでもよくなり、ただぼんやりする俺と亜玖璃。

そんな中、なにやら軽く嫉妬の火種を見つけた様子の天道が、雨野に笑顔で質問した。

「ちなみに雨野君、他にもネット上の繋《つな》がりとかってあるのかしら？」

「えーと、そうですね。ハンドルネームはちょっと使い分けているんですが……」

天道の様子に気付かず、素直に考え始める雨野。

同時に星ノ守が入室してきて小声で「退席すいませんです」と謝罪しながら、脇目《わきめ》もふらずそそくさと上座《かみざ》の自分の席……雨野の隣《となり》に戻る。

「とはいえ基本的には二つです。というか、殆《ほとん》ど特定の人としか交流ないんですけど」

天道の質問に照れ臭《くさ》そうに答えながら、スマホをテーブルに置く雨野。席の位置取り的に、まさに星ノ守の前に置くカタチだ。ある意味当然ながら、なんとなく、彼がテーブルに置いたスマホを見やる星ノ守。そこにはまだゲーム画面が表示されて――。

「（あ）」

俺はそこでようやく――本当に今更《いまさら》ながらにようやく、現在のとてつもなくやばい状《じょう》況《きょう》を察知した。ハッと慌《あわ》てて亜玖璃の手を放す。が、しかし――時既《すで》に遅《おそ》し。

気付いた時には既に雨野は――あまりにも致命《ちめい》的なその情報を口にしてしまっていた。

「まず、このソシャゲでは《ツッチー》っていうハンドルネームで《MONO》さんって方とだけ凄く親密に交流させて貰《もら》っていて。あと、ネットのフリーゲーム制作者で、僕の物凄く好きな《のべ》さんって方がいるんですが、その方のブログにコメント書き込むときだけ《ヤマさん》ってハンドルネームを使っているぐらいですかねー」

『――――――』

瞬間《しゅんかん》、俺と星ノ守の時間が止まる。

俺達がそれぞれに衝撃《しょうげき》を受けて目の色を完全に失ってしまう中、雨野と天道の会話は続いていく。

「へぇ、そうなの。私が当初思ってたよりは、ネット上の交友関係もあまりないのね」

「いや、そりゃそうですよ。いくらネットでも、僕、人見知りは変わりませんから。《MONO》さんと《のべ》さんが、僕にとって特例なだけです。……でも、だから、この二人に関しては……本当に本当に、大事な人なんですよ」

「ああ、勧誘《かんゆう》時に私より優先するぐらいですものね。さぞかし大事な人なのでしょう」

「ぐ、ご、ごめんなさい……」

流石《さすが》に本気の嫉妬ではない様子で天道がクスクスと笑う。が……俺には、まるで笑えなかった。額に脂汗《あぶらあせ》が滲《にじ》む。

亜玖璃が「祐？ どしたの？」と心配してくれていたが、しかし俺はカノジョに言葉を返す余裕もなく、とにかく、そぉっと、現在の星ノ守の様子を窺い見た。

と、そこには——そこには、まさに、事前に俺が危惧《きぐ》した通りの、最悪の光景。

「…………」

雨野に仄《ほの》かな熱のこもった視線を送る一方で、しかし目の前で繰《く》り広げられる彼と天道の、明らかに以前とは一線を画す仲睦《なかむつ》まじい姿に、きゅっと口元を引き締《し》め、押し寄せる感情を必死に留《とど》めようとする星ノ守。

その光景に、俺は、深く打ちのめされる。

「（……なんてことだよ……くそっ……俺が……俺さえしっかりしていれば……！）」

だって、それは、まさに。

大凡《おおよそ》考え得る限り最低最悪と言っていいタイミングで、ようやくスタートラインに立った者の——

——つまりは、あまりにも手遅《ておく》れな「本当の初恋《はつこい》」を始めてしまった少女の、切ない程に寄る辺《べ》ない姿だったのだから。

あとがき

どうも、新作炭酸飲料とかは気軽に買うのに、百円の有料アプリはレビューをじっくり読みまくって吟味《ぎんみ》に吟味を重ねた末に購入《こうにゅう》を見送ったりするゲームチキン野郎《やろう》、葵《あおい》せきなです。こういう小説書いているのに、自分の感性を信じてたった数百円の地雷《じらい》を踏《ふ》み抜《ぬ》く気概《きがい》とかないのでしょうか、この人は。

さて、今回は「ゲーマーズ！」の第三巻「星ノ守《ほしのもり》千秋《ちあき》と初恋《はつこい》ニューゲーム」をお送り致《いた》しました。相変わらずタイトルと表紙キャラが一巻ずれている気がしておりますが、そこは気にしない方向でお願い致します。だってそれでいったら、一巻、雨野《あまの》単体表紙になりますよ！　どんな冒険《ぼうけん》だ！　というわけで表紙キャラは順当かつ妥当《だとう》なので、結局サブタイトルつけている人が駄目《だめ》なんでしょう。まったく。……まあ、私なんですけどね。

で、内容に関しては。このシリーズは軽く群像劇かつ連作短編形式なので、毎回一巻丸ごと誰《だれ》か推《お》し、ということにはなり辛《づら》いのですが、それでも個人的にはこの三巻、「動き」的にやっぱりチアキ回なのかなと思っております。

そんな「動き」を受けての次巻なのですが……特に具体的予告とかありません！　だってもうこのシリーズ、ウェブ連載《れんさい》とか追い越《こ》しちゃっているんだもの！

とはいえまあ一つ言えることは、これまで同様、ゆるーいゲーム話をしつつ、ラブコメ部分では相変わらず面倒臭《めんどうくさ》い人達が不器用に動き回ります、という感じでしょうか。

いやまあ、衝撃《しょうげき》展開に突入《とつにゅう》する可能性も否定はしませんが。いよいよリア充《じゅう》めいてきたメンバー達が雪山山荘《さんそう》に閉じ込められ、一人、また一人と消えて行く中、最後に明かされる動機は悲しい痴情《ちじょう》の縺《もつ》れ＆相変わらずの勘違《かんちが》い故《ゆえ》の犯行だった……という展開を今思いついて「あらやだ、それ面白《おもしろ》そう」と若干《じゃっかん》ときめいた作者もちょっぴりいますが。多分大《だい》丈夫《じょうぶ》です。きっと。おそらく。…………。……犯人は雨野にしようかなぁ……。

さて、それでは謝辞を。

まず今回も素晴《すば》らしいイラストで作品を彩《いろど》って下さった仙人掌《サボテン》さん。いきなり新キャラ登場＆表紙だったり、水着描写《びょうしゃ》あったりと、今回は特に美麗《びれい》イラスト頼《たよ》り感全開の回で、大変お世話になりました。今後ともよろしくお願い致します！

次に、今巻で私の担当を離《はな》れることになりました担当さん。生徒会時代からの長いお付き合いで、今や私が最もゲームや漫画《まんが》話をする友達——で、ではなくて、信頼《しんらい》を寄せる編集さんでしたので、やはり少し寂《さび》しいというのが本音ですが、今後とも、与太話《よた》——じゃなくて、この「ゲーマーズ！」シリーズを生んだ親の一人として、そして読者さん代表として、忌憚《きたん》ないご意見等頂ければ幸いです。……まあ、貴方《あなた》もご存じの通り、その意見を作者や雨野達が素直に聞くと思ったら大間違《おおまちが》いだがな！

最後に、もう三巻もこの面倒臭いゲーマーラブコメにお付き合い頂いている読者様方。この作品の登場人物達の恋愛《れんあい》模様はこじれたりすれ違《ちが》ったりを繰《く》り返しておりますが、とはいえ、それでもただ一点、各自「一生懸命《いっしょうけんめい》前に進む」ことだけはお約束致します。そんな彼らの悪戦苦闘《あくせんくとう》を、今後も基本は笑いながら見守って頂けたら幸いです。

それでは、更《さら》に彼らが元気に暴れるであろう四巻で、またお会い致しましょう！

葵《あおい》　せきな

【初出】【雨野景太と天道花憐と回線切断】【雨野景太と天道花憐と最高の娯楽】ファンタジアBeyond更新分を加筆・修正、【星ノ守千秋とブラッシュアップ】ドラゴンマガジン２０１５年９月号、【エロゲーマーと観戦モード】【上原祐と半生ゲーム】書き下ろし

富士見ファンタジア文庫

ゲーマーズ！３

星《ほし》ノ守《もり》千《ち》秋《あき》と初恋《はつこい》ニューゲーム

平成27年11月25日　初 版 発 行
平成29年６月10日　十三版発行

著者――葵《あおい》せきな

発行者――三坂泰二
発　行――株式会社KADOKAWA
http://www.kadokawa.co.jp/
〒102-8177
東京都千代田区富士見2-13-3
電話　03-3238-8521（カスタマーサポート）
印刷所――旭印刷
製本所――本間製本

※定価はカバーに表示してあります。
落丁・乱丁本は、送料小社負担にて、お取り替えいたします。KADOKAWA 読者係までご連絡ください。（古書店で購入したものについては、お取り替えできません）
電話 049-259-1100（9：00～17：00／土日、祝日、年末年始を除く）
〒354-0041 埼玉県入間郡三芳町藤久保550-1

ISBN978-4-04-070753-2 C0193

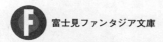

31回 ファンタジア大賞
原稿募集中！
賞金
〈大賞〉300万円
50万円 〈銀賞〉30万円
胸がキュンキュンするような
原稿待ってるよ！
締め切り
前期 2017年8月末日
期 2018年2月末日
選考委員
葵せきな「ゲーマーズ！」×石踏一榮「ハイスクールD×D」×橘公司「デート・ア・ライブ」×ファンタジア文庫編集長
投稿＆最新情報▶http://www.fantasiataisho.com/
スト：深崎暮人